格子舖

◉孫維民／著

聯合文叢 646

目錄

輯一　意外之旅

輯二 誤認

輯三 火車快飛

輯四 窗口

輯五　紅蟳

輯一 意外之旅

逃亡者

若干年後，我仍然記得省道旁邊的那個小站的下午。我坐在長條木椅的一端，躲在遮簷拋下的一塊陰影裡。芒花在身後搖著死著，更遠處是一隻笨拙吵嚷的怪手。依照時序，夏天已經過去，太陽卻依然狂亂炙人，大氣中閃爍著初秋的凌厲鋒芒。車輛不停地駛過，疲憊的塵埃無法降落，可是我所等候的公車始終不見蹤影。

他們共騎著一輛機車接近。車上掛滿了鼓脹的背包和膠袋，車尾鋼條部分捆著一床被褥。那男的草草將車子停好，跨進站亭，整個身體幾乎立即倒在椅子上。女人站在機車旁邊，披著粗亂的長髮，一言不發。他們的臉孔和皮膚說明了祖先的居處。在弱勢族群據說受到重視的今天，他們已被更名為原住民。

趴在長椅那頭的男人彷彿傷重的獸，一動不動，但是並未閉上眼睛。他企圖發聲示意，又很快放棄了。那女的從懸掛在車把上的袋子裡取出一只寶特瓶，遞給他。

當他抬頭飲著瓶中褐色的液體時，我才發現他的眼球嚴重地泛黃混濁。我曾經見過那種眼睛。如果我猜得不錯，他的病情不輕。因此他才會那麼疲倦吧，甚至連說話的力氣都沒有？而裝在那只寶特瓶裡的液體，則是某種草藥煎熬的汁？

他們是剛剛下山的嗎？騎著那輛可能載滿全部家當的老舊機車，他們要去哪裡？到另一處山區，或者進入更為荒蠻凶險的城市？也許他們根本就是從某座城市出來的，那麼又為何要離開呢？他們依稀經過長途的旅行，為何他不顧慮自己的疾病？

坐在車輛南來北往的省道這邊，與我相隔不過兩、三公尺的一對男女山胞，他們的機車、沉默、倦怠……，這些幾乎已經足夠構成一部公路電影的開場了。他們也許正在逃亡，文明世界所謂的 noble savages 的後裔。在遠離原始山林與古老律法的平地，他們大約是我們口中的失敗者吧。在他們繼續亡命之前，我甚至想起一首歌曲中的句子：

柔弱，不必恐懼，
強悍，無需驕傲。

然而這一切都只是我的揣測。

若干年後，我繼續為了生活在城市之間奔走。那一雙男女和他們留下的問題有時仍會鑽出時間的縫隙，困擾著我。經過了這些年，也許我還是太天真浪漫了。也許生活裡只有自私和鬥爭，並無高貴或者律法可言。我只是將仍然存活於心底的小小信仰託寄在兩個陌生人的身上罷了。

也許真是這樣吧。再過若干年後，也許我真的會如此相信。

人魚

我總是聽到人魚的歌聲。

我進入危險的街道，在囂嚷的人車之間困頓地行走。一幢幢荒涼的城市建築似乎也振盪著，發出如音叉般嗡嗡的聲響。當我抵達橋梁，兩輛沙石卡車從背後轟隆駛至。我不禁抓住戰慄的石欄，唯恐它們在經過我的身邊時，突然發生瘋狂可怖的事件——這幾年的生活經驗使我相信：夢魘的確可能成真——一團熱風刮過肌膚，它們終於拖曳著聲音的巨大尾巴占領河的彼岸。剛才被短暫壓制的汽車和機車，又開始了永不止息的交談與辯論。

我嘗試和他說話。他的眼球迅速無聲地轉動著，竟然讓我想起蠻荒的曠野，飛禽走獸，以及不朽的達爾文。「你的情況我很了解。」他說：「的確，徹底地了解和同情……。」我試著和她說話。她談論著表象和本體，時間與永恆。極端柔軟滑膩的音節，如若蛇的膚觸。而我陷落在聲響的漩渦裡，不停地沉沒，如此疲憊和絕望，幾乎就要崩潰……。

我繼續穿越這一座無限喧嘩沉寂的城市。歌聲從街道兩旁的建築裡活水似地流淌而出，美麗的人們優游自得，口唇翕張，像陸上的魚吐著字語的氣泡。可是我覺得渴。渴。

我總是聽到人魚的歌聲，當銀白的月光灑落平靜的海面，在一處不受打擾的祕密的海岸。由於美的感動，人魚也暫時離開海洋，倚坐在清冷潔淨的大石上。她們的歌聲像拿撒勒人的衣裳縫子，具有醫治和救贖的能力。歌詞是我所全然陌生的語言，可是我卻充分理解其中的意義。那種透明動人的形式與內容，是一名詩人所能夢見的最終的完成。

僅僅為了讚美，我也開始唱起歌來。沒有任何聲波足以干擾我們之間的對話與合鳴，即使是在沉默之時，當世界只剩下它初始的音響。

火車和樹葉與鳥

火車經過某個小站之後，我便會望向左邊的窗外。這幾乎已經變成不自覺的動作了，一如生命裡其他悄然成形的習慣。不久我將會看見一棵樹，交錯伸展的枝條上掛著大片捲曲的葉子。我初次注意到它時——我已經忘記那是什麼時候了——還以為那些擁有美好弧度的樹葉是一隻隻的鳥。隔著一段距離，況且又是逆光，它們的確像是靜默棲息著的大鳥。火車駛過的聲響終究未能驚動它們。它們想必是樹葉不錯。

或許為了會車，火車經常固定在一個小站多停留幾分鐘。月臺上，同樣一名披著骯髒制服的男人走動著，疲憊的頭顱撐起帽子，鬆垮的腰帶圈在凸鼓的肚腹下層。他已將近不成人形。日日奔馳於南北之間的各型火車壓踩在發光的鋼軌上，彷彿也輾壞了其他的一些東西。有一次，他抓著對講機與小旗，就在我的車窗外面張望，我突然想到他年輕時的樣子。當然我不認識他，不過他也曾經是一個血色鮮紅的男孩吧，就像那些通車往返的學生。其實他的年紀並不大——三十歲？也許剛過——然而青春或者童年似乎從來不曾在他的身上駐足。

一個初春的早晨，我又坐在一列空盪的平快火車裡。大雨在外面下著，加上火車本身的聲響，我依稀置身於一棟忙碌的工廠內。有人在前座背後寫下淫穢的字句、姓名及電話號碼。書寫的人現在不知道在哪裡。一名老婦和一位軍人下車，上來了三個年輕聒噪的女生。她們顯然結伴同遊，很容易地快樂著。我們坐在同一節車廂內，在駛向同一個終站的火車裡，窗上流淌的風景也是一樣的，可是我只感覺並非如此。

然後，火車又經過那一棵掛著鳥般的葉子的樹。當時樹葉只剩下五、六片了。枯黑光禿的枝條仍舊錯雜伸展，指涉潮溼多雲的天空。窗戶開始滲進雨水，我移到靠近通道的座位。當我再次抬起頭來，那棵樹上僅存的幾片葉子忽然全部離開枝椏，向上攀升。原來它們是鳥。

變化

每次看到公廁外面的那三顆桑樹，我就想寫一篇短文備忘，因為它們實在太奇怪了。

每週一和週四，我下了火車，走進小站旁的公共廁所，正對窗子不遠便是那三棵樹，靜默地站立在鐵路柵欄邊。讓我驚異的是：每次我瞥見它們，它們都換穿了全然不同的樣貌。上一次也許才剛掉光葉子，只剩下枯黑醜陋的枝幹，這一次竟然已經綠葉繁密，甚至結著紫紅的桑葚。如果上次和這次相隔十天半月，或者更久，這些變化當然不足為奇。可是，我確定每個週一和週四早晨，在搭乘了一小時的火車之後，我總會先走進那間公廁，然後才前往工作的地點。換句話說，兩次相隔的時間，不會超過四天。

在一星期的其他日子裡，為了配合上班的時刻，我必須改搭省道的中興號汽車。我依舊在車上翻動報紙，或者繼續計畫著遙遠的旅行。每天的通車往返與繁累單調的工作，已經強迫成為習慣，一如多變的臉孔及幽昧的人心。時間過得既慢且快。一天可以拉得很長，但又的確什麼也沒有留下。為了生存，一切越早適應，或者麻木，越好。思想以及記憶反而危險。

只是公廁外面的那三棵桑樹有意與我玩點超現實的遊戲，彷彿為了娛樂，或者企圖提醒我些什麼。它們總會讓我下一次看見它們時，又是一臉驚訝和茫然。啊，下一次？也許生病的枝葉上下飛蟲縈繞，蒼白一片如迷離的晨霧。也許有兩隻不太聰明的鳥已經在低矮的樹椏構築了一個巢……。我真的不知道。

幽浮

後來我便逐漸熟悉了那些車上的臉孔。當然，我不認識所有乘車的人，不過這似乎也沒有太大的關係。某些流通的姿態與眼神足以讓我辨識他們：積沉日久的疲憊包覆著呆板的身體像硬厚的疤，尚未死去的肌膚在裡面徒然地叫喊，渴望呼吸和日曬；轉向窗外的視線總是輕易地越過倒退的房舍、樹木、田野，在更遠的地方似獸出沒，不知所終……。生活裡有一股狡獪野蠻的力量，捏塑著那些每日通車上班的男女的臉，直到他們愈來愈像彼此，終於所有的臉都像是從一隻模子倒出來的。

某天清晨，我忽然想到素未謀面的外星人，以及他們的交通工具。在以光年計算路程的太空中旅行，幽浮的速度必然是極快的了。當那些據說頭大身小的生物坐在奇異的飛行器內，窗外不斷地飄過大小的光點，而預備降落的星球還很遙遠，這時，他們想些什麼？他們的目光也曾游移不定，一不小心就探入了遠比宇宙更為巨大的茫然嗎？當他們躺臥在豆莢似的睡眠機器裡，倦怠的重量是否超過任何星體的引力？他們也做夢嗎？他們又夢見什麼？

外星人來自遙遠的外太空，彼處有我們無法想像的高度文明，這是多數人的推測。另有一些人以為他們即是未來的人類，他們穿越時間的藩籬，抵達我們所在的古代。我甚至在科幻小說裡發現，人類崇拜多年的各個神祇或聖人——老子、柏拉圖、耶穌、穆罕默德等等——其實就是德慧皆美的外星人。無論如何，外星人能夠製造駕馭幽浮，其智慧顯然遠遠地超越我們。各種想像和理論只歸納了一個事實：比起外星人，我們的確只能算是低等動物。

當兩艘三艘幽浮因為某些難以理解的原因，迅速地飛臨地球表面，甚且降落在隱密的沙漠或河谷時，那些智慧極高的生物如何評估這一顆太陽系裡的行星，以及居住其上的人類？當他們看見這麼多的生命為了並無意義的事情拋擲熱情和體力，甚至僅只為了存活，刻意壓制更高更大的潛能，在虛幻的光裡追逐和失望，在迷宮般沒有出口的爭鬥折磨中，臉孔和心智激烈地變形……；他們是否也會以奇怪的語言驚呼「可怖」？他們究竟擁有怎樣的知識？那些知識已然能使他們避開種種愚行了嗎？相對於此時的人類，他們又有多麼遙遠？

通車往返的人們翻開厚沉的早報和晚報，或者新的舊的書籍和雜誌（當他們的視線從遙遠的地方再度回來），在不能傳達意義的符號與影像裡，繼續思考和尋覓：戰爭，股票，醜聞，情殺，分類廣告，星座運勢一周預測……。

旅途

由於命運的安排，十幾名彼此陌生的男女聚集在一輛國光號汽車裡，至少還需要兩個小時。透光性不佳的強化玻璃帶著紫藍色，加上過強的冷氣，車體內部的時間彷彿深冬傍晚，雖然外面的確是陽光燦亮的夏天下午。

車子穿越混亂的城市，駛上弧形匝道之後，司機依然沒有關掉收音機。一男一女正在遙遠的電臺內討論星座和婚姻。我所無法理解的電波翻譯著人類的語言，其後再度還原。不能拒絕或逃避的聲響，就像生命中諸多的事物一樣。我閉上眼睛，假裝還可以繼續忍受。不過，幾分鐘後，從座位的左後方傳來另一種更為激烈糾結的爭執——

你跟他說什麼那麼久。沒有啊哪有。抓住電話像捏住卵葩。你又在懷疑什麼不要每次都疑神疑鬼我告訴你。他在追你嗎。你有病。破女人你才爛糊糊我開了不少錢不要忘記。早知道就不應該為我這種女人開錢不值得啦。給你幾塊銀就找客兄噢。什麼客兄嘴巴乾淨一點。你又是多乾淨幹你祖外媽。我是垃圾啦很早就跟你說過我看你離我遠遠的比較快活不要為著我每天那麼煩惱。你幾天前講什麼您爸是吃軟飯的角色。我哪有那麼說你是聽什麼人。別再演戲了猶雞歪。是什麼人那麼卑鄙。你去死啦。我會等我下車隨即去買安眠藥我也活得很艱苦活成這款也沒有意思。死死好啦。我會我不會再讓你操煩也不會再讓我。不要假扮聖女看多了。我沒有價值啦被人侮辱成這樣還有什麼下車以後我立刻買安眠藥。沒有人阻擋你。你看我敢不敢吞活成這款還不如死。死死好看我會哭父哭母不會。

在座位多數空著的車廂裡，他們兩人坐在後面幾排。司機不時地瞟向後視鏡，顯然他們的音量已經足夠傳遞到最前面了。不過沒有人回頭，大家都很世故。收音機裡的男女笑聲不斷，極有興味地繼續他們的話題：

這是吉凶參半的組合雙方短暫地走在一起只是因為寂寞。性生活是標準型的按照月曆行事。雙魚座女性了解紅帖白帖的行情而山羊男人喜歡考古和化學。他要出門也不講一聲她則是八點檔連續劇的惡妻。一個是火象星座一個是水象星座假如沒有利害關係結合不會長久。牡羊座忌諱使用粗暴的語言天秤座也不要態度曖昧。夜晚以生殖為目的妻子在行房時極為理性心裡想著百貨公司。即使結婚蜜月期間也難免為選擇旅館口角。水瓶座的女性傾向男性化如果婆婆是處女座最好把家事都交給她。生理期間做愛兩人都不認為恰當一切都很正常。若是認為她不希望強力的擁抱你就錯了。這種星座有被虐傾向要勇於嘗試大膽的體位。最好送給天蠍座祕畫或是刀劍之類的禮物。假若雙方不知異性肉體的構造將可能重複一些乏味的愛撫。這是靜的男性和動的女性兩人都對人生抱持理想結合也非動物性的。

反光

陽光如此燦爛明淨的夏天早晨。日光之下並無新事，但是卻有各種物體的反光：皮包和皮帶的扣環。項鍊。汗濕的眼鏡框。戒指。鈕釦。手錶。佛珠。頭髮。指甲。睡眠不足的前額和眼瞳。穿著無袖上衣的女人舉起手臂時，彎曲的腋毛也髹漆著一層細薄的銀。車窗玻璃和邊緣的金屬。扶手。日光燈的白色護罩。旋轉的電扇的軸心。平快火車內部經年摩擦的長椅皮面。

牆壁和廊柱外貼的磁磚。月臺上的垃圾桶。塑膠袋。鐵軌。一排柵欄的尖端。池塘。各種植物的葉片。水田。農人的機械。墓碑。高壓電。屋頂上許許多多圓形筒形的水塔。採光罩。醫院標誌。紀念碑。鐵窗。逃生梯。水泥地面的油污。汽車。變形的空鋁罐。流過橋梁下方的溪河。廠房後面停放的機車把手。積雲。在半空中飄浮的建屋廣告氣球。遠處山腰像一顆星星或鋼釘的什麼東西。

日光之下並無新事，但是卻有這麼多的物體，反射著垂直升高的太陽的光。在如此飽滿刺眼的眾多光芒裡，日復一日的生活必然有其目的與意義罷，我卻在一本厚書裡讀到「凡事都是虛空」這樣的句子。赫拉克利圖斯（Heraclitus of Pontus）也常突然出現，他曾經說過「太陽只有一個，卻有無數的反光」之類的話嗎？當夜色迅速地占領天地，滿布聲光的一日終於黯淡沉寂，又為什麼還有一個怪異的念頭，在始終鬱鬱跳動的心中如鴉盤旋——

日光之下，僅有黑暗。

指甲

指甲生長的速度越來越快，幾乎令人有些疑懼。我發現這個事實的地點通常是在車上，公車或者火車。當手指終於厭倦了攤開的書籍，那些錯亂的意符與意指，甚至柔滑芬芳的紙頁也不能夠吸引它們撫摩時（當然，早報和晚報上的議會、凶殺、搶奪、詐騙，以及隱匿在貌似公義嚴謹的報導和論述後面的文字暴力，這些也已經變得陳腐，填塞在前座椅背的網籃中），指甲開始彼此問候，廝磨。我也總在這個時候驚覺到它們的沉默與堅持。

無法勸說和威嚇的堅持和沉默啊，一如春天或者死神的行動。不是不久以前才剪過指甲的嗎？也許還不到三天罷。每次坐在前往或是離開工作地點的車子上，我總需要再一遍提醒自己：下車之後必須儘快找到一把指甲刀。

後來我只好將一把指甲刀丟進提包內，準備隨時剪除肢幹末端過度活躍的角質。車窗外面的季節不斷地輪換，或者堆積。在清晨的細雨中，插秧的婦人想必都有藏納黑泥的指甲。然後男人駕著割稻機來了，他們的指甲像破損的石塊映照著黃昏。五名學童在前一站上車，下一站只有一個老頭拉扯鈴繩。修補道路的工人們有時出現在某地，車子必須繞過警示的柵欄緩慢前行。忽然間，他們又像鳥群消失了。兩者的距離我完全無法丈量。偶爾火車停靠在一個陌生的小站，我便會想起要給一位朋友回信。後來真的將信寫成，我卻聽說他已經失蹤許久了。

意外之旅

1

我必須從一列火車說起。

那是一班普通列車。可是，那並不是任何一班普通列車。它必須是我若干年前搭乘的，四點零七分從高雄出發，六點三十一分抵達一個名叫南靖的小站的，那一班普通列車。

我已經忘記搭乘那班火車的確切理由了，也許是與尋找或脫逃有關。那個下午異常悶熱，雖然早已經過了立秋，彷彿密閉的大氣卻吹不進一絲涼風。小鎮在太陽肆意的燒烤下幾乎癱軟變形，柏油路面蒸騰著一片熱煙。鐵軌兩旁的麻雀蹲踞在灰青的倉庫屋頂，無聲地張望著。

不知道為什麼，雙眼爬滿血絲的剪票員早早地就讓我們——我，一名老婦，一個男童——進入月臺，距離牆上標示的火車到站時刻還有三十分鐘。野草鑽出軌道之間的褐黃碎石。兩張長條木椅寂寞地背光並坐著。一列南下的復興號像高速爬行的喧鬧的蛇，在五秒鐘內便穿越了那個安靜的小站，車體扯咬的強風將一隻空塑膠袋拖行了十幾公尺。由於車行太快，相距又近，我無法辨識任何窗內的形象。

然後，我們等候的火車來了。

車廂內部極為燥熱混亂。頭頂上，所有仍然可用的電扇都在旋轉，發出困難的呼吸的音響。空洞的瓶罐在腳下翻滾。學生和他們的衣物占據了多數的座位。此外還有一些每天通車上班的男女——我猜他們是的。比起那些亢奮多話的學生，後者顯得極為沉默睏倦。列車長自前一節車廂過來。在這節車廂裡，他所遭遇的第一個乘客就需要補票。窗外閃動著一塊塊不同顏色的田地。斷續的木麻黃連綴成一條狹長的鄉間公路。枝條垂掛著許多白色膠袋的果園。養豬場。水塘和農家四周的檳榔樹。平交道叮噹作響，擋住兩輛打著右轉燈號的汽車。火車抵達一個小站。

下車的人寥寥可數。車站柵欄前方擺置著一些盆栽：三角梅、鐵羅、新葉極像花朵的朱竹等等，還有刻意修剪成某種形狀的樹（雖然我看不出它們企圖模擬什麼）。幾具滅火器掛在廊下。野狗橫越發光的鋼軌避開人類。一股古老的車站才有的酸澀氣味。空中糅雜一片模糊的嗡嗡聲，另一列火車進站，在月臺的那一邊停住嘆氣。對面的車窗內，依稀是相同的乘客，只是背道而馳罷了。幾名學生跳下車廂，但是並未離開。

一分鐘後，車頭的汽笛應答著站長的信號，火車又開動了。黑色的枕木疊放在漆畫著數字的倉庫前。三名工人坐在一節疑似廢棄的車廂裡。背部已然習慣於裸露的樓房。突然瞄準火車垂直地射來的小鎮市街。電線杆上過時的競選文宣。種植著稻米、白鷺與巨幅廣告招牌的遼闊水田。河。甘蔗園裡的墳墓，高壓電。

更遠，一根高大的煙囪懶懶地清理白日的灰燼。蝙蝠偵測追索著飛蟲的餘生。許多新建的房子積木似地堆列在天空下。雲塊奔跑如虎和羊。

火車準時抵達了下一個小站以及下一個。

進出這些小站的旅客大多與站務人員相識，他們簡單而隨意地打著招呼。如果我忽然決定下車出站，坐在收票口的男人便會看見一張陌生疲憊的臉。或許他會以為我是剛調過來的新兵，據說附近有一個軍營。不過他也可能靈光一閃，將我誤認為某一個人，例如鄰居的孩子或是甥姪輩的親戚。那種經驗並不稀罕。無論如何，我將完全無法接近他的意識半徑。我轉過頭，發現傾斜的陽光已然注滿車廂，空氣裡持續飄浮著閃爍的細小鐵屑。兩個口音特殊的中年男子上車，坐在我的前面攤開晚報。有人在月臺上拿起話筒投幣。「我七點半就會到家。」印著 HAPPY WAY 字樣的背包擱在腳旁。「到時候再跟你解釋。」他要如何解釋呢？左側窗外傳來某種鳥類——彷彿只有一隻——的單調叫聲。另外也有起落的蛙鳴。

2

火車到達南靖時，落日已經被嘉南平原整個掩覆了。我所在的那一節車廂剩下五個人。天邊幾條紅霞急速燒盡冷卻，早已死滅的星球眨動微光。一切忽然停頓下來。火車快飛，可是它寂然不動。起初，我以為是車子出了問題。然而寥落的乘客偎倚在各自的暗影裡，絲毫沒有意外或驚慌的表情。我們必然是在等候會車吧。搭乘慢車就會遭遇類似的事。將有一列燈火通明的莒光號或自強號突然從頰邊呼嘯而過，其後我們才能繼續前行。

我將頭探出窗外張望，伸入過去與未來的鐵軌平行走失在黑暗裡。沒有什麼正駛過來。挾帶潮溼雨意的氣流過站未停奔赴更遠的空虛。樹木的顏色塗深變成單薄的剪貼。墨藍的天空被電纜切割成塊。鐵道那邊的小站房內亮著燈光，但也不見人影。車頂的電扇還在拼命發聲，病重的鳥群徒然的撲翅。在昏沉如汙濁液體的光線裡，我的視線沿著狹窄的走道摸索，進入前後車廂。那邊和我的車廂一樣黯淡荒涼。兩名啟聰學校的孩童比畫手語，激烈地爭辯著。一隻壞了的日光燈管不停地閃滅，恍若可怖的尖叫或祕密的訊號，終究無人理會。

我以為自己隨時可能看到車窗外走過一名年輕全裸的女人：金髮，蒼白，巨大呆滯的眼睛缺少焦點，卻又好似洞悉一切。最初的背叛與最後的報復或悔恨，她都曾經目擊了吧？她移動的姿勢也很奇特，如易脆的雕像被隱形的工人搬抬著。如果我伸長手臂觸碰她的肩膀呢？冰冷或者炙燙的電流將把我變成一片樹葉或一截枯枝，懸在她的髮間？我曾經多次遇到那個女人，在畫冊裡，在美術館中。一九九四年，創造她的保羅・德爾沃（P. Delvaux）死了，她和停靠在遠處的火車卻早一步進入了永恆的夢。我極可能正坐在畫中的一輛火車內，張望她和她的緘默的姊妹們通過。夜色如此靜寂，我一定已經抵達了另一個世界。小時候以為火車的起站和終站都在塵世之外的神祕之地，這裡必定就是了。我只是沒有料到，它竟然是如此陰沉恐怖。

一九八四年，德爾沃被任命為羅文拉努大學城的榮譽火車站長，實現了他的童年夢想。他顯然是熱愛火車的。我也喜歡火車。它卻在我急於尋求轉變的時日裡，將我帶到一場清醒的噩夢中。那列火車在南靖停留的時間並不長。一刻鐘？也許。我卻感覺它將永久地停在那裡了。我和那些深陷夢境的旅客也將永遠留在那裡，像被遺棄在封閉的墓室內的活物，等候著。很快將有可怕的事情發生。我看不見德爾沃的女人，卻深信她們就在附近（為了目睹另一樁事件，然後再次漠然地離開？）其他形狀的超現實怪物也如鮮艷的病菌或獸群游走偵伺著，隨時就會輪到我們這一節車廂。我將被長著鳥頭的女體啄食，餘下崩塌的骨骸在紅色綠色的羽毛中？或者漂浮如觀念的軟體生物將要包覆、溶蝕我？無法想像的凌虐和殺戮啊。在恩寵不及之處，在黑暗與苦痛的領地，向誰呼救？我勢必經歷自己怪異而孤獨的死亡。

3

1號省道在鐵軌左側並行伸展，此時兩旁的路燈都已經點亮。檳榔攤、樣品屋、海產店、理容院、供奉神位的住家頂樓。黑暗裡只能看見發光的物體。在微薄的光暈中，一切顯得極不真實。那些人車和建築彷彿缺少厚度，只是凌亂剝落的筆觸，塗抹在夜的粗礪的底板上。

我們的火車的確又在動了。此時，它行進的聲響竟然令人想起瀑布或是洶湧的河水。我們依稀坐在船艙之內——也許是在諾亞的方舟裡——跟隨著黑暗之流搖晃浮沉。它移動的速度特別地快，像是急於逃離身後的逼迫與追趕。在我前方已經看不到乘客，而我不敢回頭。廁所的門沒有關好，車門也敞開著，屎尿的氣味如一縷幽魂遊蕩在車廂中。

十幾分鐘後，那一列火車抵達嘉義，我走出熟悉的月臺，如獲新生。車站外面燈火輝煌，城市的夜早已經甦醒。

直到今天，當我想起那一列火車，以及它帶領我進入的那段意外的旅程時，我依然無法清楚地理解其中的意義。必然是有些意義的吧，我總會這樣以為。在那一節靜寂昧暗的車廂裡，過去宛若死屍復活，卻又具有完全陌生的裝束容貌。它又像是提早孵化顯影的未來。我被抽離現在，但是不知身在何處。世界彷彿忽然轉身，短暫地暴露了多刺粗糙的頸項和背脊。外在氛圍突兀強悍的變化，迫使我必須擱置長久浮懸於意識裡的種種幻影，開始注視另一場夢境。我覺得害怕，卻也因此更深刻地感知存在。

除了這些抽象矛盾的語言，我不知道還能如何描繪。

那年秋天，我已經過了三十歲，依稀了解一點快樂與恐怖。然而經驗的領域何其遼闊，一班普通列車就能讓我變成啟蒙小說裡的少年男女。我又回到某個起點，被迫承認一些誤會。即使是我從小熟悉的火車，我也可能不甚了了。還有什麼祕密埋伏於時空的街角和門後，等待著我？我應該搜索它們？可以主動尋獲嗎？南靖的那一段旅程顯然不在計畫之內，我的可憐的計畫啊。那麼，一切早已經冥冥中註定了？

也許有一天，我可以回答這些問題，並且在生命的圖形裡，為那列火車找到一處停放的位置。也許知識的確不屬於生者，那一天始終不會出現在時間的世界。我不知道。

一位也曾描寫火車的詩人說過，我們能夠獲得的智慧只有一種：謙遜，因為「謙遜是無盡的」。關於這個日漸膨脹複雜的世界，那些鐵軌可及和不可及的地域，各種糾纏不清的夢與真實，我只感覺自己越來越小。我不知道。也許這是此時此地最好的回答。

（本文獲第八屆梁實秋文學獎散文佳作）

髮

我到達那間理髮店時，裡面已經有一個老人了。他坐在僅有的一張理髮椅子上，雙目緊閉，彷彿陷入午夢中。老闆娘回頭望望我。「就快到你了。」她說。

門外的人車和白晝始終未曾中斷。過了幾分鐘，又有一個中學生走進來，年輕的身影短暫地遮蔽了穿入室內的光。「就快到你了。」老闆娘同樣對他說道。他坐到破舊的籐椅另一頭，隨手翻動皺軟的報紙。

從我坐著的角度，我忽然發現：這間家庭理髮店的地上，原來靜默地躺臥著成千上萬的細碎髮絲。不僅屋內如此，自門口到街邊的那一小片水泥地，也都是分配得出奇平均的頭髮。

每天收工之後，老闆娘想必都會打掃地面，將一天剪下的頭髮清理乾淨。但是，我所看見的那些髮絲，似乎很早以前就在那裡了，以後也不可能被任何工具除去。它們已然緊密地黏附在地上，成為大地之獸的皮毛。

若干年前，我曾經在另一間家庭理髮店理髮。那個老闆娘大約三十多歲，自己擁有一頭黑而美麗的長髮。有一次，她告訴我，她夜晚最常作的一個夢，是客人的頭髮以驚異的速度不斷地生長，而她的長髮則永遠是雪白的。

張愛玲曾經在一篇小說裡寫過落地的頭髮。一個男人看上了朋友的太太，後者在浴室梳完頭後，他偷偷地把掉在磁磚上的髮絲撿起來，集成一團。「燙過的頭髮，梢子上發黃，相當的硬，像傳電的細鋼絲。他把它塞進褲袋裡去，他的手停留在口袋裡，只覺渾身熱燥……。」我懷疑這些理髮店的老闆娘是否還有這種熱情。

波普（A. Pope）也寫過一首有關頭髮的長詩，叫做〈髮劫〉（The Rape of the Lock）。他以誇張諷刺的手法，描述一位裝模作樣的上流社會女人，因為一小束頭髮被偷偷剪走，她便歇斯底里地向男人宣戰。波普旁徵博引，把一樁瑣碎的小事寫成史詩一般，最後那束頭髮甚且光榮地進了天界。專剪別人頭髮的老闆娘若是讀到這首詩，是否也會覺得荒誕有趣？

我近年常來的這間理髮店，老闆娘不喜歡說話，可是對人非常客氣。我有時候從鏡子裡不小心瞥見她的臉，總覺得她非常哀傷，不僅只是疲憊而已。幾年前，她唯一的兒子車禍喪生，現在她的孫女已經念小學了。

手

每次看見自己的手時，我總會想起另外一些粗糙醜陋的、有著傷痕的男人的手。斷裂的指甲裡或許終年積存著泥土和油汙，整隻手掌的顏色也像油汙和泥土。打開厚實的掌心，除了幾道深沉的掌紋以外，多數的細紋已被磨蝕得淺薄。這樣的一雙手，我總是想，必然是能夠讓善良的女人感動的。當粗礪如石的表皮撫過她們的背脊和胸腹時，她們必然能夠清楚地察覺，那是緊緊抓住生活的，男性的手。

當這樣的手和我的手相遇時，我總是覺得靦腆，並且儘量藏起自己的手，像在大人面前的小孩，必要謙卑和緘默。我的手指修長得有些不好意思，彷彿它們生來只適合拿筆、翻書、彈琴。瘦薄的手心裡，那些過分細緻複雜的紋路，依稀早已經決定了我的工作和命運、孤獨與憂鬱。這一雙手明顯地不適於芟草翻土、彎折鋼筋、拉扯繩纜、握槍或持刀。偶爾出現的繭塊，是週末打過網球之後的結果，過些時日便會自動消褪。

那些男人的手啊，我總是與它們不期而遇。在公車上，它們抓握著拉環。在自助餐館裡，它們端捧著碟盤。在黃昏的廊柱邊，它們溫柔地捻著香菸，或者握著茶杯。那些手應該不寫散文和小說，更不寫詩。或許它們也從未寫過日記，只偶爾寫封信或卡片，寄給親戚、愛人和朋友。感覺中，它們總是赤裸的，像男人的身體，毫不做作地向人顯露歲月的痕跡，訴說風雨的故事，卻又如此安靜和羞澀。它們總是不裝飾的，金銀珠寶穿戴其上，總會顯得不太搭調。生活的艱辛和苦難已足夠了，它們無需更多的飾物。

朱先生

多年後，我依然記得朱先生站在黃昏的窗前，吃力地從櫃子裡取出臉盆和洗衣粉。記憶的畫面永遠停格，一切靜止無聲。

那天，淡漠的夕照斜斜穿越窗欄杆，薄薄幾片貼在第七病房的牆上。朱先生不小心灑落地面的洗衣粉，如一小撮時間的灰燼，幽黯發光。記憶中的朱先生則永遠鼓突著小腹，皮膚泛黑，一隻枯瘦的手臂向前伸出……

那年春天，我因病住院。如同所有初次住院的人，當時的我慌亂且自私。醫院裡的一切如此陌生恐怖，我只關心憂愁自己的病情。剛搬入四人病房時，我並未真正「看見」別的病患。我現在甚至無法斷言，當時第七病房除了朱先生，其他的病床是否已經有人。

我能夠確定的是：朱先生是我第一個發現的室友。他躺在我的對面，臉色發黑，兩頰陷落，額頭頂著冰袋，顯然正在發燒。大部分的時間，他都在昏睡，不時還會喊痛。

幾天以後，我逐漸熟悉了醫院的作息，知道幾名護理師的習慣，以及清潔人員的脾氣。每天早晨，值班人員送來點滴，為我們一一掛上。連續注射兩瓶點滴，我們總是必須跑好幾趟廁所。朱先生告訴我，打點滴以前，最好將拖鞋放置在吊掛藥瓶的鐵架同側，那樣，上廁所時才方便穿鞋和提取瓶罐。我照著他的話做了，發現很有道理。每天如此，我們靜靜地躺在病床上，讓兩瓶黃黃的溶液注入身體，然後起身食用午餐。

住院的那段日子，我幾乎從未見過任何人來探望朱先生。除了一次，一個和朱先生年齡相仿的男人帶來了幾包菸，在病房坐了一會兒，就走了。後來我才知道，他和朱先生是同事，都在清潔隊裡負責收取垃圾。

朱先生喜歡喝酒，那是他操著外省口音，自己告訴我的。由於嗜酒，他為了肝病已經住院好幾次。每次爸媽到醫院來看我，總會和朱先生聊幾句，同時勸他不要再喝酒了。朱先生大概是聽進去了——或許他忽然發現，這個世界上竟然還有人關切他——我出院後，曾經又回到病房去探視他。那時，他的小腹不像先前那般嚴重積水了，皮膚也明顯恢復了原來的顏色。

然而，我卻始終清楚地記得那天黃昏，朱先生步履不穩地走向櫃子，取出臉盆和洗衣粉，想去清洗自己的衣物。淡漠的夕照穿過半開的窗子，薄薄幾片貼在牆上，不小心灑落地面的一小撮洗衣粉，依稀時間的灰燼……

垃圾

我在各處看到她：廣場、公園、餐飲店、車站、路邊攤、倉庫、傳統市場、超級市場、廟宇、加油站、風景區、工廠、旅館、百貨公司……後來我才知道，她就住在離我不遠的巷子裡。

她的住屋是一排二樓透天的其中一棟，頂端搭蓋了違建，像鄰居們一樣。若從外觀判斷，這裡的住戶應該都屬於所謂的低下階層。她的那戶特別顯眼，不僅因為小院子裡塞滿東西，門口也總有兩堆垃圾分立左右。

她收集的東西種類繁多：報紙、瓶罐、保麗龍、鋁箔包、壓克力、電池、電線、CD、檯燈、塑膠袋、桌椅、衣架、臉盆、風扇、鞋子、旗竿、椰子殼、日光燈管、玩具、鳥籠、菜籃、吹風機……

有一次，她出現在中山路和民治街口，一個紙箱從她豐收的推車中掉落，她急切地回頭去撿，完全無視於燈號變化。我坐在車上目睹那些，思緒竟然跳接至一段古文：

莊周游乎雕陵之樊，睹一異鵲自南方來者，翼廣七尺，目大運寸，感周之顙而集於栗林。莊周曰：「此何鳥哉，翼殷不逝，目大不睹？」蹇裳躩步，執彈而留之。睹一蟬，方得美蔭而忘其身；螳螂執翳而搏之，見得而忘其形；異鵲從而利之，見利而忘其真……

白天，我經過她的巷子，通常看不到她。黃昏，她總會坐在門口的椅子裡，每次都在打盹：蒼老的頭快要垂至胸前，一動不動，彷彿死了。我想，那是她結束一天的工作，晚餐之前的時光吧。那時，她家樓上的燈總是亮著，但我從未見過其他的人進出。

今天傍晚，我下班回來，走進她的小巷，看到她又坐在門口，安靜地睡著了。她頭上仍然戴著那頂四處出沒的舊斗笠。由於瘦小傴僂，那一頂斗笠幾乎遮蔽了她大半的身體。

我經過她家門前，然後我才理解：當時她並不在那裡。那頂斗笠並非覆蓋著人，它其實是擱置在一隻裝滿的黑色垃圾袋上。

失竊記

他在人生的旅途中遺失了一只皮夾。

他傷痛著皮夾裡的三張千元紙鈔，一張發黃的相片，以及一本薄薄的通訊錄。此外還有兩張皺摺的廣告紙，上面塗抹著潦草的句子，簡單的圖畫。那是他在異地旅行時，緊急記錄下來的靈感的背影。

他傷痛著這些永遠無法再見的東西。然後，他忽然想起來了。在小站裡，一個掛著金邊眼鏡的中年女人，曾經向他探詢關於班車的細節。她的衣著合身而素雅，依稀是某所學校的教師，或是循規蹈矩的家庭主婦。他禮貌而耐心地為她解說轉車和時刻的問題。

他忽然想起來了。當一名行色倉皇的男人，從背後推撞了他之後，那個女人也匆匆地道別了。

此刻，他傷痛著一些永遠無法再見的事物。三張千元紙鈔，一張發黃的相片，一本薄薄的通訊錄，以及兩張塗抹著詩句和圖畫的廣告紙。除了這些，那對男女還偷走了一些別的東西。

那是對於同類的小小信心與善意。

房客

最後一個紙箱裡的雜物，他暫時不想去動。就讓它們先擱置在牆角吧，以後多的是時間，可以慢慢整理。被褥床單已經鋪好了。他躺下來，測試一張新床的感覺。當他轉身時，支架某處發出細細的呻吟，一邊的金屬護欄碰觸著他的小腿，冰涼而陌生。

陽臺上只有一株盆栽，但枝葉茂美，可以看出是前任房客悉心照料的結果。為什麼他，或她，搬家時，沒有一併帶走呢？忘了嗎？他到盥洗室，用漱口杯盛了一些水，隔著窗子伸出手臂澆灌它。夕陽已經沉沒到了遠處大樓的後面。

由於搬了一個下午的家，入夜以後，他在外面隨便吃過晚飯，很早就上床休息了。他夢見自己又回到從前租住的套房，靜靜地徘徊在簡單的家具之間。在那一個房間裡，他和已經分手的女友曾經共度甜蜜與痛苦的兩年。

他彷彿是被某種聲響驚醒的。窗外一片黑暗沉寂，顯然夜已深了。他躺在床上，聽見鬧鐘的秒針辛勤地走著。不過還有別的。他屏息傾聽——好像是很輕很近的，人的腳步聲。

過了一陣子，他終於明白：這個房間的前任房客，也還未完全離去。

病

病了很久一段時日之後，他已經有些慌亂。過去幾年，他像虔誠嚴格的教徒，謹守著種種飲食起居的戒律，卻發現他的神祇終究並不眷顧憐憫他。一次一次失望的累積，終於使他不再能夠寬恕他的神。他將搭建在心中的神殿徹底地拆毀，一塊石頭也不留在石頭上。

他開始吃一些醫生嚴厲禁止的食物，如一名存心干犯最大教條的叛徒。那些多年未曾入口的食物是如此新鮮甜美，他的感官世界彷彿墳塋裡的屍體，忽然全部復活了。從前，他的菜單上只有「可以」和「不可以」，現在，卻是完全不同的「喜歡」和「不喜歡」。他也再度抽菸喝酒等等，然而並不耽溺於任何一種逸樂。他已經下定決心，要絕對充分地利用剩餘的生命。

感官經驗復生的結果，甚至使得他又開始眷戀這個世界。原本他只想在死神端走所有的碟盤之前，盡情地享受生命的大餐。現在，他卻亟思延長這場饗宴的時間。他開始聽信一些最不科學的祕方。有時他也走進夜市，在那些以色情和邪術招徠顧客的地攤前面，從口袋裡掏出鈔票，換取一些詭異離奇的藥物和靈符。

他的朋友們起初感到驚訝，繼而對他的反智行為表示輕蔑或憐憫。他們始終無法全然相信，一個學理工的高級知識分子竟然會和村夫愚婦一樣，輕易地聽信江湖術士的把戲。

其實，他們和他並沒有太大的不同。生命以各種方式逼人瘋狂，他只是分配到了疾病。

復仇者

其實他偷取的都是一些沒有價值的東西：兩輛擺靠在街道騎樓底下的覆滿灰塵的破腳踏車、八株擱置在別人家門口的尋常盆栽、三條放養在公園水池裡的淡水魚（被偷的第三天，牠們全部死了）。除了這些，當然還包括文具店裡那些極為容易得手的小小玩意：筆、膠水、修正液等等。

其實他用不著這些東西的。他從書店裡夾帶出來的那些書籍——無論是文藝、政治，或是理工類的——他都絲毫沒有興趣。他頂多迅速地翻動書頁，用鼻尖嗅一嗅那股淡漠的紙香。那顆幾乎全新的籃球——他已經忘記是從哪裡弄來的——他也從來沒有帶到球場上去玩過。他將所有這些東西堆放在家中的某個上鎖的房間裡，彷彿古代士兵擄獲的戰利品一般。

其實他不應該被稱為竊賊的。他更像一名復仇者。由於過去的遭遇，他始終覺得這個世界虧欠了他。他不斷偷竊的行動只是為了尋回一點補償，或者正義。他不敢公然拿起刀槍面對抽象的社會或世界展開反擊，因此只好偷竊。

啊，膽怯而祕密的復仇者。

機器

清晨，地下室停車場內的汽車都還未醒來，一輛挨著一輛像沉睡在通鋪裡的僕役。一個男人走出電梯，悄悄接近其中一輛白色的，並以遙控鎖鑰打開車門，隨即喚醒了它。在猶帶著睡意的引擎聲中，汽車記起了它的功能，它受造的理由。

三分鐘後，那個男人將車子開出地下室，像一名跨上坐騎的獵人追蹤著獵物。他至少需要開車半個小時，才能夠抵達工作的地點。不過，他每天必須這麼早出門，卻是為了陪伴老闆晨泳。老闆喜歡晨泳，幾乎全年無休，風雨無阻。

沒有人想過那輛汽車是否已經睡飽了，甚至高不高興。它是機器，因此缺少心靈的世界，只要給它加油添水就可以了。如果它真有所謂的情緒，又怎麼樣呢？它是主人全權擁有的財物，所以，嚴格說來，它的喜怒哀樂也是屬於主人的。況且這只是荒誕的假設。一切等它變成了人之後再說。

輯二 誤認

塵埃之歌

1

我抵達那個小站時，距離下一班火車進站的時刻，還有四十幾分鐘。難得的晴朗和暖的冬日下午，我應該站在戶外，曝晒陽光。可是我實在太疲倦了，因此僅能靜靜地坐在狹窄寒涼的候車室裡。

對面牆上貼著一張最新的火車時刻表。細小的阿拉伯數字與地名溫馴地蹲踞在整齊的方格內，如同牢房裡的囚犯。時刻表下方的長條木椅上坐了兩個穿著工廠制服的女生，她們正玩著撲克牌。然後那個戴著三隻耳環的女生說道：「完全沒有關係嘛！」她用紙牌為另一個女生算命。「你看。他的人在這裡心在那裡，你的心在這裡人在那裡。完全沒有關係。」

一列莒光號過站未停疾駛而去。月臺上擺放的幾盆植物因風震動。塵埃再度緩慢無聲地降落在綠色的葉子與紅色的花。

靠近剪票口的鐵欄杆上掛著那個瘦長的信箱，藍底白字（只有下緣漆著一道紅邊）：「旅客意見箱」。一只未鎖的鎖懸在紅漆上端。剪票口裡面，幾條黑色的管線纏繞著一根水泥柱子，像粗大糾結的蛇或蚯蚓，爬行數尺之後，終於鑽進地下。

我再次將視線拉回候車室內。在另一面牆上有一張海報（還有一盞緊急照明燈及一具滅火器），海報中央是金黃色的鐘面。一名工人右肩扛著大鐵錘，在時針與分針之間露齒而笑。另外兩個同樣朝氣蓬勃的男子分立左右，其中一人大約是布爾喬亞。海報的一角醒目地標示著勞工基本薪資：「每小時 62 元　每日 496 元　每月 14880 元」。

2

如果視線真的是可見的光線——一如雷射光瞄準器射出的線條——那麼，消耗在通勤列車裡的那些早晨黃昏，必然會變得比較有趣罷。火車抵達某站，上來了一名時髦漂亮的年輕女人，明暗不一的視線如被驚擾的獸，紛紛地豎耳引頸，從各個方位蝟集在她的臉孔、腰腿、胸乳、服飾（那些視線的性別當然不限一種）。一個身體可以牽扯這麼多條視線，彷彿同時操控著許多木偶的民俗藝師，她的心裡或許暗自驕傲歡喜，短暫地體會了主宰者的優越與虛榮。

然後，大部分的視線像成對說著閒話的朋友或者夫妻，又回返原來的居所了（雖然流浪才是本性）：車窗、報紙、隨身聽、拉環、廣告、緊急操作須知、佛珠、漫畫、公事包、內衣肩帶、頭髮……。有人因為疲憊，或者為了隱藏思想，於是索性閉上眼睛，將鐵軌一般不知所終的視線截斷。

火車繼續南來北往，每一站都有人上車下車。下車的人離開月臺與車站，迅速散開至這個世界的各個角落。在不同的角落裡，他們的視線反覆地觸碰那些賴以維生的東西：文件、印章、電話、便條紙、電腦螢幕、樣品、機器開關、加工原料、沙石、農作物、別人的臉……。彼此的視線在空間中正面交鋒，或者偷襲狙擊。有些人的視線始終垂得很低，亮度又小，與他們卑微的說話聲調一致。

在假日裡，千千萬萬的視線是否會停駐在一些不同的事物上呢？例如盆栽、寵物、汽車雜誌、地圖、動物標本、古玩、錄影帶、型錄、食譜、幼兒、配偶等等。或者由於厭倦了外在的世界，它們多數的時間是向內的，瞪著夢境？在夢土上探尋奔走的視線是否較為明淨輕快，恍若孩童一般？或者同樣戒慎恐懼，閃爍偽裝？無論如何，視線必須找到一處可以休息棲止的巢穴，一彎可以汲飲光源的流水。否則生命將要如何安慰自己？

在那些離家遙遠、飄忽不定的視線之中，可以看見細小的塵埃不停地懸浮升降，無聲而且無數。太陽出來，太陽落下，風往南颳，又向北轉。每一雙視線最後都有獨自晦暗以至於全然熄滅的一天。不過在那之前，它們似乎分享著一些同類的光彩：欲望，守候，幻想。如此普遍而堅定的光彩，彷彿它們都擁有確切的目標，彷彿它們都清楚各自追蹤的方向，彷彿混亂的掃射——一如無數的雷射光瞄準器的線條——只是表象，它們知道自己要些什麼。

3

那個小小的角落位在公廁旁邊，一棟空屋的後面。人們上廁所時，或許會在洗手臺邊的牆洞中瞥見那棵蓮霧樹，以及樹下的一小塊空地，不過通常都不會太在意。它並不是多麼隱密的角落，旁邊即是一條也能通往公路的小徑，偶爾也會有人經過。每天早晨，我下了火車，不想提早抵達工作地點時，便會先走到那個角落，假裝是等候下一班車的乘客，暫時離開了候車室，在附近隨意地閒逛張望著。

那棵蓮霧樹的陰影遮住了角落的大半邊，此時樹上開滿了花，細長的蕊絲不時地墜地無聲。有些蒼蠅棲息在葉片上面，奇怪的是，所有的蒼蠅的頭都朝著同一個方向，葉尖的方向。即使牠們飛起盤旋，再降落到樹葉上時，也仍然如此。空屋屋頂垂下不少灰白枯澀的藤枝，幾條柔軟閃爍的蛛絲連結其間。屋牆上塗寫著標語、髒話、難以理解的數字。牆角有些鬚芒草和薺菜，而鬼針草則早已經開過花了，怒張的黑色針刺靜待著散布種子的機會。綠得嚇人的黃金葛默默地爬過地面，通過掉漆生鏽的鐵欄杆、空的寶特瓶、鋁箔包、厚厚的落葉、鋸斷的樹幹。再過去是一根電線桿，一條電線牽引到桑樹和木瓜樹那邊的人家院子裡。圍籬內的人家始終寂寞冷清，石綿屋簷底下似乎一直吊掛著同樣幾支空盪荒蕪的晒衣架。

在風雲湧動的天空下，有些鳥雀偶爾鳴叫飛過，牠們的倒影斷斷續續出現在水泥地上的幾灘積水當中。颱風剛過之後的太陽也沉躺在積水的底部，鬱鬱的光如覆蓋著塵埃的CD，啞然且蒼老。蚊蟲停落在水面上時，太陽的表皮總是不由自主地起皺和顫抖。

電影院

電影院內的時間總是黑夜。也唯有在黑暗中才容易做夢。各式各樣的夢：未來或古代、本土或異邦、黑白或彩色。最荒誕的夢時常是最有趣的。夢境原非現實，荒誕的方式更不只一種。神怪、卡通、科幻是荒誕；一對情人生死不渝、從不疲憊厭倦，或者邪不勝正、神的公義終於伸張，這些無非也是荒誕。

然而，坐在電影院的夜色裡，當奇異的光束——LET THERE BE LIGHT——從身後的牆孔中射出，只要不去仰望懸浮在那束光中的塵埃，銀幕上的種種荒誕都無所謂。

有一天，影片上演至一半，突然停電了。二十分鐘後，管理員打開了電影院兩邊的窗戶，眾人才彷彿大夢初醒，發現原來外面是白晝。刺眼的天空飄著下午三點的雨，瑣碎的市聲越過高低建築物的側面與背部傳入，溫溼遲滯的空氣如同一個接著一個的日子。那種時刻令人感覺驚愕，隨後是悽慘。

上昇的旅程

我總是想到但丁（Dante Alighieri），一個美麗的靈魂。我也願意重述他和貝德麗采（Beatrice）的故事。據說但丁初識貝德麗采時，他只有九歲。終其一生，他頂多也只見過她兩次。貝德麗采可能並不知道但丁戀慕著自己，後來她嫁給了另一個男人。二十四歲時，她便早早地離開了人間。

日後，但丁完成《新生》和《神曲》，都是為了紀念貝德麗采的。對於現代男女而言，這是相當離奇的愛情故事。若是拍成電影，它肯定是最平凡無聊的普級片。沒有遊戲、盟誓、爭吵。可怕的是，它甚至缺少做愛的鏡頭。

在《神曲》中，已升天界的貝德麗采曾對但丁說道：「在我鼓舞你的欲望之際，那欲望本引導你去愛慕那至善，除此之外無可希求。」這樣一段臺詞，如果放進影片中，又將是多麼沉悶呢。

在這座無限美麗的城市裡，多的是驚豔邂逅的機會。與現代的紅男綠女共譜戀歌，又是何其快速簡便。如果哪一天你覺得寂寞，隨便選擇一種方式吧，你所輕易擄獲的愛情，當然會比但丁和貝德麗采的故事精彩刺激。

可是，為什麼還有這許多的呼喊抱怨呢？

羅丹（A. Rodin）曾說：「不是缺少美，而是缺少發現。」我們是否也可以說：「不是缺少愛，而是缺少發現」？

有人將現代男女無法尋獲真愛，歸咎於時代的變遷。我想，如果但丁和貝德麗采在今日相遇——或許在百貨公司的電動扶梯上，或許在炸雞店裡——他們的故事，應該不會和中世紀的版本有根本的差異吧？

原來愛情的發生，竟然可能是宿命的。它注定會發生在某些人身上，以及不會發生在另一些人身上。貝德麗采只是誘因，觸發了但丁對於神的大愛的想像領悟。必然如此，只因他有一個美麗的靈魂。即使他不遇見貝德麗采，他仍會因為其他的遭遇，認識人世的虛妄和更高的美善。

那些只在時間裡尋覓，卻無法從幻滅中受益的人，其實是不適宜美麗高貴的愛情的，不管他們遇見了誰。他們繼續張望、追逐、解釋。愛，這個出現頻率和髒話一樣的字，繼續在他們口中發聲，然而他們始終遇不到它。

語言

我把語言的功用降至最低。經過了這些年，這或許是我所學到的所謂人生的智慧之一。（後來我發現自己確實有些遲鈍。當多數人早已經熟悉並且大量運用這種智慧時，我卻仍然迷信於真誠溝通的可能。）很高興認識你。我和內人都極為關心事情的演變。外帶兩分牛肉捲餅，三籠花素蒸餃。本人對真空薄膜產品的行銷策略抱持全然相反的看法。Peterr Stuyvesant。本契約壹式兩份，雙方各執壹份為憑。要視攝食時迷走神經的刺激及胃腸消化激素的催促而定。其人端莊忠實，認真負責，此番得以擢升科長，誠為眾人之幸也。別裝模作樣了。今晨塞爾維亞裔游擊部隊將步兵及坦克開向斯里布瑞尼卡外圍。改天一起吃個便飯。八號球底袋。自年初至今，融資減幅達到三成，斷頭賣壓逐漸消化完畢。休閒KTV誠徵純伴唱坐檯佳麗未滿十八歲勿試。您的兒女真可愛。從消費社會、性解放、菁英主義等等角度切入。准對於持有附表所載證券之人為公示催告。鋁合金鋼圈，一九五寬胎，鍍鉻水箱護罩。大家都不喜歡他。此一文本顯然繼承了從韓波至凱吉的不確定詩學傳統。愛說笑，這款貨色也值六千塊？當腰線逐漸放寬，釋放雙腳的束縛是鞋界必將統一的做法。沒有事實，只有謬誤的詮釋。全新別墅三樓四中庭花園人車分道現買現賺。我當然相信您的話。故天將降大任於斯人也，必先苦其心志，勞其筋骨。明天請跟我的律師研究一下民法條文。我們應該以平常心看待這件事是吧。外遇捉姦尋人查址錄音搜證婚姻挽回。人是理性的動物。提到比瑞果地區的餐館，就不能不提到蒙勃吉柯。無骨鵝肉小吃嘉府商登字 19047 營利事業登記聲明作廢。我警告你哦不要太過分。人民的最大福祉與利益絕對是第一優先的考量是吧。我也愛你。

我把語言的功用降至最低。無需了解別人為什麼會那麼做，無需讓別人了解自己為什麼會這麼做。誤解才是常態，一如戰爭。人是世界的尺度，萬物的主宰（我聽見擁擠的鬼魂驚呼：何其恐怖的主宰啊），人不是自身的主宰。nosce te ipsum。古老的偉大的夢境。況且語言是如此地晦澀狡猾，在無盡的追蹤與匱缺的遊戲之後，真實始終付之闕如。把語言的功用降至最低了：通報、試探、恫嚇、羞辱、宣傳、擾亂、掩飾……。也許語言可以勉強做到這些。對於心的防禦而言，或許這些已經足夠了。

娛樂

睡眠顯然是最好的選擇（雖然今晨我無意中走進一條夢的歧途，路旁的彩色花葉裡伏踞著慵懶駭人的獅子，一條白狗擋住我的退路），然而在晚飯與合理的就寢時刻之間，我勢必要尋找某些娛樂，某種陷溺或遺忘的方式。我壓下遙控棒的按鈕，電視螢幕上依序跳躍著不同的聲光：七個男人騎馬離開石灰白牆的房舍，馳向廣袤炎熱的安達魯西亞平原。舞臺後方的電動看板上不斷明滅的字句 ALL YOU KNOW IS WRONG。半透明的浴室簾布後面藏匿著因仇恨而扭曲的臉孔。妻子呼吸安詳，從來不曾懷疑身旁的男人娶她的動機。正在南半球草原上奔逃的瞪羚猶自採取優雅的騰躍姿勢企圖欺騙緊隨的花豹。然後生命又開始了她說。戰機陸續升空，5800 呎以下的建築形似極易推倒的積木。烹飪節目的主持人總是格外幽默自在，很明顯地掩飾著現實生活中無法迴避的痛苦細節。雪覆蓋著塞拉耶佛的屋頂樹木如同異國風味的聖誕畫片。他將尖細的雙眼黏貼於鏡片上開始演講。我身上的傷口比朱利阿斯・西撒還多，女主人解開胸罩。一首我從前未曾聽過以後也不可能喜歡的歌（它距離我現在的座位如此遙遠）。眉間雕畫著螺旋狀青紋的布偶終於不支倒地。

我按下3然後輸入，螢幕上同時顯現了十幾個頻道的分格畫面，背景音樂似乎也是破碎不堪。然而我要走進哪一個方格中呢？一群固執的飛蟲從工作場所一路尾隨著我回家，此刻還在我的頭頂盤桓發聲。哪一個節目可以進入我的身軀，如激烈的液體沖刷胸腔內部黏膩沉甸的異物，讓我又能順暢地呼吸？那些極其做作的摔角表演？或者拳擊場內和場外如假包換的血腥與黑暗？股票和講經？政論或A片？輕鬆一點，看一齣日本偶像劇場吧。要是剪裁精緻的愛情太過酥軟可口，不妨換至更有意義的購物頻道：車鎖、按摩椅、電擊棒、瘦身美容……。

我所需要的只是陷溺和遺忘，在一天的勞作之後，在一場不可或缺（最好也沒有夢）的睡眠之前。或許我應該沿著大街旁的紅磚路面跑步，可是我的雙腿已然疲憊於奔走。我需要足以支付明天的氣力。也許比較聰明的做法是洗一個溫暖的澡，將整個身體浸入堅實的水中，像絕望的嬰兒忽然發現祕密的通道或縫隙，短暫地回到了安全靜謐的子宮。

黑色象限

不斷地移動。

然而無論如何移動，無論此刻你在哪一輛車中、哪一條路上，其實你都沒有走得太遠。極有可能你始終未曾離開。候車室裡的那條舊紅的長椅在兩株常綠盆栽之間，它日夜沉默地維持著相同的姿勢。或許午夜以後，當小站裡空無一人，它會偷偷地蠕動嘆氣？此時坐在椅子上的女人神態輕鬆，視線明亮，彷彿她已經看到了田野和山洞那端的未來。然後一個男人通過你們中間，走向售票窗口。空氣裡的塵埃被他的行動捲入，不著邊際地升降旋轉，持續著塵埃一貫的生活。

起初車廂裡頗為擁擠，不過火車抵達某站以後，乘客紛紛下車，車內的空間突然放大，一如窗外的地理景觀。第三天，你仍然是在生命的座標上，與遠遠近近的人，以及遠遠近近的痛苦、罪惡、疾病、憂傷，一起分布在唯一的象限之內，像無數的小小的黑點。而無論火車如何喘息驚叫，無論它經過多少橋梁和城市，或者駛向哪一道邊境，從極高之處俯視，它也不過是另一個小小的黑點，幾乎不見移動。

拔林

每天，縱貫線上南北奔馳的火車駛經一個名叫拔林的小站，多數都是過站不停。這當然是事實，而且是由來已久的事實。不過，一直要到最近幾年，我必須搭乘火車上下班，早晚路過拔林，才知道了這個事實。存在即是被認知。關於台南縣境這個簡陋的小火車站：它窄短的月臺，兩旁的人家與果樹，果樹下的落葉、垃圾和偶爾出現的雞，月臺出口處外的兩條平行的小路……，關於這一切，此時終於被我認知，因而紛紛存在。

我通常搭乘的是所謂的慢車，這類火車站站皆停。每當火車停靠在拔林站時，我大概都可以聽見鳥鳴，甚至雞叫。隨著季節的變化，也能夠聞到不同的氣味。一條高架公路越過車站上空，但是似乎沒有什麼車聲。在我的印象裡，這始終是一個頗為安靜寂寥的小站。

每天兩次，我乘坐火車停靠在這個小站，每次不超過三十秒鐘。有時我的窗子剛好對著月臺出口，對著那兩條平行的小路。那兩條路長長地延伸在高架公路兩側，路旁依稀有幾扇門，不過我從未看見有人在那些門中出入。

如果有一天，我突然決定在拔林下車，通過月臺出口，走向其中的一條小路，不再回頭。那一條小路將把我帶到哪裡？如果我在經過那幾扇大門時，伸手敲叩其中之一，又會有誰應門而出？

小時候，我看過一些圖畫書，其中一本敘述一名想像力豐富的孩童，獨自坐在一條小水溝邊垂釣。周圍的大人嘲笑他說：這種水溝是釣不到什麼好魚的。那名孩童不以為然，聲稱那條水溝將會注入一條小河，小河又流進大河，大河最後匯注於海，而海中的生物當然千千萬萬。誰知道牠們不會溯流而上，咬食他的餌呢？那本書大部分的篇幅都在描寫海中的魚類，形色艷異，匪夷所思。地球上究竟有沒有那些生物，至今我也還是半信半疑。

相對於這麼樂觀的故事，另一本圖畫書就顯得陰沉恐怖了：有一天，一個年輕人在曠野中看見一扇門。這扇門非常奇怪，因為它獨自矗立，四周並沒有連接任何的建築物。由於好奇或貪玩——或者，由於命定——那個年輕人推開門，跨了過去。原來的世界彷彿還在，他便有些意興闌珊地離開了。不久之後，他遭遇了各種超現實的凶惡怪物，令他疲於奔命，他才理解自己已然進入了另一種時空中。此後，他又陸續發現一些同樣怪誕的門。為了回到原來的世界，他不斷地進入這些門中，也不停地經歷著各種噩夢。

如果有一天，我突然在拔林下車，通過月臺出口，走向高架公路旁的一條小路，不再回頭。那一條小路將把我帶到哪裡？遼闊美麗的大海？或者無法擺脫的夢魘？我將後悔離開單調安全的生活嗎？或者慶幸自己做了大膽的選擇？

一切無非只是選擇，而選擇又是多麼困難的事。即使不懂存在主義的人，大概也無法逃脫自由抉擇的焦慮。哪一種行動對我是最好的？當我翹望著尚未成形的遠方時，我是否踩到了幻想或經驗主義的陷阱？若我堅持著鋼軌的意志，繼續翻讀手中的《理想國》和詩集，是否又是另一種錯誤？

如果我更年輕一些，或者更老一些，這些猶豫與騷動也許都較為容易打發。然而，我早已經過了而立之年，卻還沒有抵達不惑。火車每次經過拔林，彷彿便是經過一個誘惑，一場掙扎。我也每次轉動頭頸，望向窗外一個始終未曾踏足的小站，希望能多看出一些承諾或破綻，讓我可以下定決心。

關於這一切——在穩重成熟的中年表象之後，祕密地颳起的小小風暴——車廂裡的年輕學生們當然無法察覺。至於那些也是每天通車的、看來更為年長疲憊的男女，則大概已經忘記。

留言

我也想在這些留言板上寫字。不過我將要寫的，與我曾經看過別人寫的，終究不太一樣。在那些寫了擦掉、擦掉又寫的黑板上，我曾經發現的留言如下——

永遠愛你。小白臉阿智去死好啦。晚上過去有事 call 我共度難關。機車出租便宜對面豪帥。血債血還。謝謝盛情招待下次輪到弟請。墨鏡染髮指甲油。中庸之先去賓館吃睡。你不可以獨善其身希望你要溶入社會加油。櫻花祭典。佛緣徵信全省日夜。BON VOYAGE。在玟玲家換衣服的關心他真。賤人這不好玩。優勝劣敗專心準備檢定考不要亂想。8367 點。你不尊重我的生命我也不尊重你的生命。提升你的EQ。下次不要忘記保險套。眾望所歸拜。你是我一生中的至愛最痛。便便。我跟他很熟說我介紹。不是真心又何妨。為什麼別人可以。拉法葉。我會脫胎換骨面對未來の新挑戰。看三小FUCK。安室奈美惠。沒事堅強難道要讓壞人得逞毀掉你的生活。相處難。鹽行的女人（有志・）那裡。人生有／如夢。道什考慮很久對不起你對隆田見面後。每天我都躲在旁邊看你寶貝。那不是重要的失敗。她人真的很好有問題請找她。葉吳林我坐 3:51 回台中。KYRIE ELEISON。我有你要的東西比上一次更好。有情有義。

而我，我則想在這些留言板上寫下這樣的話：

打算去哪裡。餵她動物飼料。古代肝臟即被視為愛情欲望勇氣的基地。膚淺為萬惡之首 WILDE。誰不是出賣靈肉的妓女。relpum scalcath。報復在我酸棗仁湯。他們尚未結婚可是婚姻早已出現裂痕。至少一次你是否曾經被自身的邪惡驚嚇。粗糙及荒蕪。包裝精美。鵜鶘箭豬要得為業貓頭鷹。亡而為有虛而為盈。若論煙視媚行自然您比較行。再跟他謊言連絡。夢者。你離開並不表示不會待在同一個地方。幹。喉嚨是敞開的墳墓。那面鏡子看見什麼。而未知有無之果孰有孰無也。衣冠禽獸狐群狗黨。另一個自己還在遠方呼吸嗎。我們都在墜落這隻手也在。汽車和火車的動因。事情沒有你想像的那麼糟那麼好。請撕下燦爛破舊的笑臉顯現。做愛容易。極為沉悶的案例。病。胎記。無異飲鴆止渴。一場賽跑朝向死亡。大家都走那一條路所以當然那是出路。物質與商品。魚蝦在水族箱裡爭食。你永遠也找不到你何況是我。三個月亮和七個太陽。黑暗隨侍在側。在世界行走何其詭異之事。就像下雨天總會弄濕。

意見

我也有意見，很多很多的意見，但是我不會對他對她或者對你陳述，我不會那樣做正如其他的人子不會，我用鐵鋤或圓鍬將喧囂不安的它們掩埋，深深地掩埋在黑暗的泥土裡，很多很多的意見寂然不動躺在地下至少七尺之處，彷彿它們真的死了如不會復活的屍體，彷彿它們永遠不再鑽出地表像春天的野草，彷彿物質與能量真的憑空消失就像那樣，彷彿你和她和他從此可以安心度日，

一個憤怒的人正在遠方朝你而來，另一個悲傷的人正在遠方朝你而來，距離越來越近當你以為過去越來越遠，他們的口袋與背包裡沒有指北針和地圖，他們缺少衛星與各種精密的追蹤儀器，他們也許搭陌生人的車也許徒步或者如同藤蔓緩慢地爬行，繞過墳地的紫杉通過街角的洗衣店後門，滿布屎尿的防火巷和荒涼多風的百貨廣場，在堪用或故障的自動販賣機前他們停留片刻，看見安息日黃昏的足球場及星期五清晨的銹蝕鐵

椅，磚牆上的廣告紅紙標語遊民暗號被雨水和陽光沖刷摩擦，塵埃高速地安靜地旋轉升降，繼續趕路他們行經郵局對面的機械手臂假牙商店晾掛著胸罩內褲弦月的七樓陽台，玻璃細末隧道原始森林裡碩大的盾形腎形葉片，發芽的無花果樹撤離的馬戲團營地蛇卵殞石擊打的坑洞，螃蟹馬陸蜘蛛網上的綠豹蛺蝶，高聳的白蟻丘象群以及咬鵑目鳥類，威爾威查的球根然後沙漠中的雷雨開始花朵綻放，禿鷹尚未清理完畢的野牛屍骸持續地腐臭，有人拾起地震搖落的錫器翻開楔形文字的書籍，龍捲風去了又來像是某種紀念日，右邊窗口的布帘將在明年秋天寂寞地擺動他們想，在通往城堡第八十三個房間的密道中他們不可避免地錯過對方，後來一人向東坐在候車室內唯一的長條木椅上，向西的那人抵達一座堆積著鴿糞的銅像之後折返，他的方向一度錯了不過無妨他有命運指引，他和另一個人雖然彼此並不相識都有，圍欄惡犬抑或山崖海溝都無力阻止，短暫歇息他們橫越鋪蓋著雪片的曠野到達海岸，在各自的船艙裡規律地排泄呼吸維持生命與意志，

許久之前巴別塔傾倒了他們似乎不受影響，包括鳥獸蟲魚他們通曉各類的語言但是從不說話，即使遭受警察和乞丐毆打，即使被淫蕩醜陋的女人嘲笑，即使不小心掉進捕獸的陷阱或是沼澤的爛泥，肉體生病發燒即使需要照料和善意，所有的人張開口的墓穴顯露虺蛇的毒液，他們仍然不發一言彷彿缺少聲帶唇舌，彷彿被命令的緘默的行走的樹

木，毀滅樹木並不容易何況神的兒女擁有靈魂，日子有好有壞時快時慢總之末日以前不會停止，艱難的時刻空氣陽光與水便已足夠，精液飽漲的夜花錢招引妓女或者自慰皆可，嚴重受傷的皮肉迅速地結疤，殘缺沒有關係只要可以行動就好，路途還很遙遠不過他們並不憂慮，一切均已註定他們只是謙卑地實行，

當他和她又在花樣庸俗的床單上複習著仇恨和倦怠，當你檢視幾道門鎖以為平安的一日即將過去，當鄰居的孩子奏完舒曼接著練習李斯特和蕭邦，當你扭開瓶蓋吞服黃色藕色的藥片，當巷子裡的狗吠沉寂，當你猜得不錯蟑螂已經回到熄燈後的廚房，當音響喇叭中的知名女高音結束最後一句詠嘆，當薄荷味道的漱口水自你的嘴裡吐出，當好天使與壞天使一如往常像鳥蹲踞在欄杆上聊天而你一如往常無法看見，

他們終於抵達了兩人同時，悲傷的人和憤怒的人初次會合但不寒暄甚至也未交換目光，像賊一樣他們來到你的夢境邊界，無需敲門進入客廳甬道臥室你的氣味越來越濃，多年的任務即將完成然而他們異常冷淡，落地窗外的天使們停止交談穿牆而入，他們已經準備好了其實他們一直都是，清澈認真的眼睛看到他們站立在你的兩側，而你短暫地驚慌失措，然後安靜下來不論願意與否，然後你聽見了就像聽見新生嬰兒的啼哭，或是花瓣舒展時的燦爛喧囂，或是蝗蟲撲翅或是獅子怒吼，不過任何塵世的譬喻你很清楚都

不正確，是的終於你聽見他們了（還有一生中的所有聲響），你聽見他們兩人在鐘擺促織火山星體全都屏息的時刻，一齊對你

開口說話。

誤認

1

七〇年代，一個初冬的下午，我走進街角的租書店裡，將看完的幾冊武俠小說還給老闆，隨即又租了另外幾本。老闆的年紀已經大了——我稍後更加確定他是——他像多數年紀大了的人一樣，掛上老花眼鏡，一筆一劃地（多像初學寫字的孩童）在破舊的記事本上登錄著。然後，他抬起頭——午後三點的陽光已經跨進敞開落漆的木門，再走幾步，它即將要碰觸坐在板凳上的兩名中學生。屋內嗡嗡作響，依稀不斷滲入的車聲，或是亢奮盤旋的蒼蠅——他抬起頭，把書遞給我。突然，他像發現什麼似的，指著我說：「你長得這麼高了！」顯然他已經從午夢般的慵睏氛圍裡醒轉。「以前——」他伸出手，在空氣中比畫一個高度。

我想我知道他的意思：上一次我看到你時，你只有這麼高吧。什麼時候……啊，歲月。我對他點頭笑笑，帶著小說離開他和他的小店。七〇年代的生活情調是有些鬱悶的，離家北上念書的日子有時也極為孤獨單調。我走完一小段紅磚路，向巷口的攤販買了一點水果，回到租屋。接下來的兩三天，我竟然因為那位老闆的誤認，心底浮泛著一絲異鄉巧遇親戚長輩的暖意。

不過，大多數的時刻，我卻必須不斷地澄清。這項工作似乎永無止境，雖然我已經非常疲憊。

一名女子固執而絕望地要求解釋。為了讓她明瞭她認錯人了，我放棄徒然無力的語言，以沉默及行動為自己辯白。她終於茫然憤怒地承認，我已經不是她從前認識的那個人了。她甚至斷言我自始至終都在偽裝。一個男人在初次見到我時——正確地說，在見到我的最初的幾秒鐘裡——便已經完整地認識我了。他已經為我找好職業、食物、書籍、運動項目；當然，他更為我備妥了襪子與妻子。

不，你不使用打火機。縱然飲酒，也是充滿節慶氣味和笑語泡沫的香檳吧。你喜歡花間商籟甚於毫無道理的自由體。巴哈、莫札特、蕭邦，或許還有一點拉赫曼尼諾夫。至於查普曼和Ｕ２，噢不。你沉思的題材多半是藝術和宗教，那些蟲豸與元素無法朽壞的財寶。在鬧區的騎樓下不容易看到你的身影，那裡市聲如虎，況且沒有禽鳥與窸窣的落葉……。

他不停地對我說話，雖然大部分的時間他以眼睛和動作發聲。他這樣子對我說話，讓我猶豫著是否應該駁斥他。就讓他遊蕩在自己的意識半徑內，繼續將我當做另一個人吧。我沒有義務驚擾他。但是，我又不甘心，只因我仍然把他當成朋友。可是如果我反駁他呢，他也許就會變成敵人了。

不（我吐出一個煙圈），你認錯人了，先生。其實如果你仔細一些，你便會發現我與你所認識的那個人——無論他究竟是誰——之間的不同。我不喜歡貓狗，即使我很清楚牠們遠比人類善良。不要誤會我的無言和微笑了，我還能夠如何應對生命裡的憂傷怖懼？謝謝你，給我一籠花素蒸餃，請將蝸牛和奶油刀拿走。選擇一支好筆是最重要的，但不要以為我會與任何一支長相廝守。對我來說，夜是無盡的甬道，枕是鹽田，不過最辛勤的還是時鐘。啊，你看過哪些美麗或醜陋的窗景呢？我看到覆滿塵埃的葉片，樹枝無法承受重壓一一折斷，還有積雪下的墓穴，棺木旁一顆不能甦醒的種子……。

請原諒我，我無法更為精確地描述。

當我搭乘著電動扶梯，朝向機場的出口處移動時，大廳裡早已經聚集著一群等候的人了。其中一個男子高高地舉起一塊寫著姓名的牌子，而在另一邊，一個女人向我揮手。「好久不見。」她走向我。「你絲毫沒有改變。我一眼就認出是你了。」我們經過幾名正在調整表情準備拍照的日本旅客，走向停駐在街旁的黃色計程車。司機坐在雨刷來回擺盪的擋風玻璃後面，奇異的臉孔忽而溶蝕，忽而凝結。

然而，橫越在人們之間的無形曠野也沒有改變。在那一片廣袤的荒地上，在諸多岩塊和石南之間，我們重複地玩著捉迷藏。這一場遊戲已經足夠冗長，而且毫無結果。「我找到你了。現在，輪到你來找我。」可是我們始終未曾找到對方。

若干年後，當我正在寫信，或者拿起電話，按下一組號碼時，我有時仍會突然想起那個在機場出口高舉著牌子的男人。他最後接到正確的人了嗎？如果有人假冒呢？如果在眾多的旅客當中，有人的名字剛好和牌子上的名字相同，卻不是他被交代要找的人呢？他極可能接錯人的。或許他有對方的照片可以指認，或者他會禮貌地查驗對方的證件，那又如何？他把符合一切條件的客人送到某個地點，然後有人前來迎接會面。雙方久別重逢，或者仰慕多時。無論如何，他們依然可能都錯認了對方。

裸裎相見的情人們據說是最熟悉彼此的：氣味，隱匿的痣或胎記，只有對方才能理解的低微呼喚……。情人們熱中於為彼此製造小名。除了他們自己，外人無法藉著那些祕密的暱稱相認。他們不太可能認錯人的。可是，依據《新約》的記載，有一次耶穌曾對門徒說道，末日來臨時，「兩個人在一張床上，要取去一個，撇下一個。」原來同床共枕的兩個人之間，相隔竟然如此遙遠。那是天堂與地獄的距離。如果他們真的認識對方——啊，原來對方屬於另一個君王，另一種對立的永恆——彼此還會輕易交換「愛」這個字，甚至激烈地纏綿嗎？

2

其實我是準時的，只是一陣突如其來的大雨，將我逼到了路邊的騎樓下。我把機車停放在廊柱旁邊，摘下潮濕的眼鏡，然後找到一支公共電話。「我不知道它什麼時候停止。」由於雨聲，我必須放大音量。而在一場如此肆意淋漓且又雷電交纏的陣雨那端，對方彷彿也是焦急不安的。破碎的字語隨著雨水，流進街旁的排水溝裡。

站在灰白厚重的雨幕外面，原先的行程必須暫時中斷了，像停頓的鐘錶，傷病的肉體。

躲雨的人不是只我一個。平常光影忙亂的騎樓，此刻反倒安靜沉穩不少。左側的男人斜靠著牆壁抽煙，他的視線掉落在馬路黃線上，一輛濺著細小水珠的藍色汽車。右方的女人兩手交疊於胸前，像一隻收攏雙翅的雀鳥，棲止於隱密的思緒，無聲地轉動著頭頸。紅磚道上幾株花木身軀搖顫，原本披覆灰塵市聲的葉片，此時閃亮如星。花盆底下滲出黑褐色的碎泥，隨著地勢造就的小小渠道，小魚似地游進一攤擴張的積水中。

由於天色變化，騎樓下的商家紛紛打開大燈小燈，時間彷彿忽然晚了。隔著一條顯然已經狹窄的老街，我看到對面一家商行刻在店門頂端牆上的古樸字跡：「義豐針車行電話 2805 號」。四位數字的電話號碼，那是什麼時代的事了？

其實我很熟悉這一條街道。不過幾年以前，它還相當熱鬧繁華。從小我便常和母親到這裡來，購買白米、壁紙、球鞋、制服等等東西。每家商店都有自己獨特清楚的氣味，不容混淆。即使是這幾年，我也經常走進這條街，因為它是我上下班的捷徑。可是，我卻從來沒有發現那家針車行的招牌，那些養著一層薄薄綠苔的浮凸字體。

不僅是那一家針車行，其他商店的招牌，此刻也都一塊接著一塊，像新大陸般浮現在我的視界之內：裕統西裝、賴瑞成青果店、泰興農藥、嘉傑電腦、金玉山銀樓、元利行、PENSEE、周眼科、雞鴨肉飯、松涼衛生冰塊……那些彼此極不相同的顏色、字形、材質，各自擁有鮮明的個性。它們如喧嘩互異的聲響，對著我的眼睛說話歌唱。

幾年以前，我也曾經在台灣南部的一條縣道旁躲雨。我緊偎著一棵大樹，初次發現樹木的枝幹竟然這般樸素、堅實、美麗。那些彷彿乾枯的樹皮紋理之間，蟲蟻忙碌地奔走工作著。濕黑的樹幹向上愉悅地挺舉，無數顏色深淺不一的葉片附著其間，撐開了整片天空。而從天空飄落的，除了晶冷的雨珠，還有細碎的花瓣。當時，我戲謔地想著：這就是所有哲學的本體了吧，赫拉克利圖斯的Logos，柏拉圖的觀念世界，莊子的道。道在樹幹、枝條、花葉。

事後回想，那一場計畫之外的大雨，才是那趟旅途中最值得紀念的情節。這是多麼奇怪的結論！在樹下躲雨？它就像是正文裡的標點符號，有什麼值得大驚小怪的呢？

簷滴時急時緩，可是毫無停歇的跡象。坐在五金行內的老人此時搬出一只臉盆，將它擱在屋簷底下接水。有人不耐久候，發動機車衝出騎樓。車輪在路面上拖曳著小條軟白的水花。

在我的身後是一家布店，裡面擺置著許許多多各種花色的布匹。一名顯然也是被雨圍困的婦人走進店裡，閒閒地張望著。後來，她竟然真的買了兩種布料。她回到騎樓下時（手裡多了一只印著商店字號的紙袋），雙眼發亮，神情愉快，似乎頗為滿意自己在這場大雨中的意外收穫。

以前，我騎車經過這條街道時，始終以為它是筆直的。現在站在騎樓下看它，才知道原來它有相當明顯的弧度。無論向左向右，我都可以看見和它交叉的第一條街口，但是看不到第二個。店面和招牌遮擋了我的視線。冒雨前行的人車通過第一個街口，不久，就被兩邊陳舊的建築包夾吞沒，全然失去了蹤影。

3

我應該如何認識一個人，或者一條街道？何者更為容易一些？古希臘的哲學家早就說過，這是一個「萬物流轉」的世界，我又如何能為其中的事物顯影造像？後結構主義者認為自我是不連貫且充滿矛盾的。這樣的一種自我，又如何能夠正確地觀照外在，或者理解他人與自己？

在某個特定的時刻，以某個偶然的角度，世界便會顯露全然不同的面貌。然而，人類脆弱的肉體與意識無法負擔完全的真實，種種認知因此也是殘缺和錯誤的。

既然在時間的世界裡，完整的真實是不可得的，我們便可以放棄追尋，不再堅持了嗎？

在一首宗教意味濃厚的長詩裡，艾略特（T.S. Eliot）曾經反覆催促人們「向前」，進入「另一種強度」，以便和真實進行更深切的交通。我也忽然想到從前讀過的一篇短短的散文：一隻蛀蟲在黑暗的木頭裡辛勤地啃蝕著，有一天，牠終於蛀穿了木材。而在小小的洞口外面，是令人目盲的巨大的光。

（本文獲第九屆梁實秋文學獎散文首獎）

自由

1

不自由，毋寧死。

不自由的人，想必多數仍會苟活著罷。只要留下生命，總有重獲自由的一日。藉著這種希望，失去自由的人終於能夠忍受目前的狀態，不論那是何種形式的禁錮。

禁錮的形式有許多種，自由當然也是。競選神聖的民意代表的自由、出版詩集和明星寫真的自由、黨同伐異的自由、搭飛機或坐火車的自由、安裝解碼器的自由、半夜上街買香煙及啤酒的自由。

這些都是自由，而且還有很多。

2

十七世紀末，英國的洛克（J. Locke）發表《政府論兩篇》，推翻了「君權神授」說，鼓動民主政治的思想。洛克以為，人民生來就是有權利的，尤其是生存、自由和財產所有權。政府設立的目的，即是為了保障人民的各種權利。如果無法做到這一點，人民就應起而革命，重建一個更好的新政府。

過了半個多世紀，英國在美洲大陸上的殖民地，風起雲湧地展開了獨立革命。日後，美國的〈獨立宣言〉和《憲法》，均是以洛克的政治哲學為本。

洛克的思想也影響了法國。由於盧梭（J. J. Rousseau）和其他幾位思想家的鼓吹，加上英國「光榮革命」以及美國獨立戰爭的刺激，法國人民終於在一七八九年攻陷巴士底監獄，推翻貴族和王室的統治。此後，農民們不必再向貴族納租，或繳十一稅給教會，而能親自享受勞動的果實。中產階級也掙脫了重稅的負擔，在政治和商業上獲得部分的自由。

法國革命成功，「國民會議」草擬完成〈人權宣言〉，第一條是這樣開始的：「人類生而自由……。」第四條則有這樣的句子：「自由存乎行事不傷害他人的能力。」

又過不久，法國第一共和宣布成立，恐怖時代隨之展開。激烈的雅克賓黨人控制了政府，大肆殺戮異己。一七九三年十一月，羅蘭夫人（Mme Roland de la Platiere）也被送上斷頭臺。臨刑之前，她對著四周的群眾叫道：「自由，天下多少罪惡，假汝之名而行！」

3

專制集權既去，民主制度確立，人民已經可以選擇官員，監督政府，多數人的意見成為國家社會的決策方針。在這樣的體制中，個人的自由應該不會再有問題了罷？

一八五九年，米爾（J. S. Mill）發表了《論自由》。他所攻擊的對象，不再是專制的君主或政體，而是專制的大眾。米爾認為，在民主制度中，當多數人的意見掌控一切之時，「個人卻失落在群眾中了」。個人獨具的特色已經變得無關緊要；不僅如此，「人人活在敵意和可畏的監察的目光中」。人們已經不敢自問：「我喜歡什麼？什麼最適合我的個性和才華？」相反地，他們總是想到：「什麼才適合我的身分？像我一樣階級地位的人，或者，比我的階級地位更高的人，會怎麼做？」無論人們做什麼事，首先考慮到的都是和別人一致（conformity）的問題。如此一來，心智本身備受束縛羈絆，「人的能力變得凋萎而飢貧……。」

在米爾看來，不論是當時的英國或美國，大眾均已成為社會意見的主導勢力。然而，其結果卻是「集體的平庸」。米爾相信，多數人在智力和嗜好方面都是平庸的，平庸的大眾自然只有平庸的意見。「他們沒有品味，也沒有足夠強烈的願望去做不平凡的事……」，「世界各地一般的趨勢，是賦予平庸優越的權力……。」也因此，智慧和高貴之事必然開始於極少數的個人，而非大眾。向多數人的意見屈服，只會扼殺個人的創造天賦。

米爾嘲諷一致和平庸，贊成個人主義和異常（eccentricity）。他所提倡的自由，是個人在社會中表現自我的自由，一種敢於和群眾不同的，心靈的自由。

二十世紀的馬庫色（H. Marcuse）則以為：自由和工作的關係密不可分。真正的自由只有透過工作才有可能實現。然而，馬庫色所謂的工作是「自由勞動」，不同於一般人對於工作的理解。「事實上，自由勞動與人類歷史上的所有工作形式都不一樣。」馬庫色說。「自由勞動」必須是自願的，個體在從事勞動的同時，也能發展天賦，自我完成。無論哪一種工作——參加共同體會議、製造一張桌子或者作曲——都可以是自由勞動，只要它們能讓個體表現技巧和才華，並且獲得滿足與快樂。在自由勞動中，工作和休閒、上班和下班、私人喜好和合作行為等等，已然變成同一件事，不再截然分離。

「自由勞動」是個人自我實現的方式，當然也可以造福他人及社會，兩者並不衝突。當某人製作了一張桌子，或者譜成一首歌，這張桌子和這首歌對於別人或許也是有用的。然而，這種用處只是附加的價值，並非勞動的首要目標。至於金錢，當然也不是工作的目的。

可是，大多數人的勞動卻都只是為了生活，為了物質的回報。他們不喜歡自己的工作，更無法在其中實現自我。這是一種「生產性勞動」，或謂「異化勞動」，充滿了機械化和標準化的操作。「它是痛苦悲慘的，」馬庫色說：「從事這類工作，幾乎無法滿足個體的需求和渴望。它是由無情的暴力強加於人的。」

了解米爾和馬庫色的自由理論之後，還有多少人可以聲稱自己是自由的？

4

奧登（W. H. Auden）在追悼葉慈（W. B. Yeats）的那首詩裡，有一行是這樣寫的：「每個人在各自的囚室中卻幾乎深信自己是自由的。」

在〈四首四重奏〉（Four Quartets）裡，艾略特說：「人類無法承受很多的真實。」過了不久，他繼續說：「清醒即是不在時間之中。」然後，他又說，在這個世界上，唯有「永恆和時間交叉」之時，人類才能夠征服過去和未來。

布雷克（W. Blake）瞥見天使的剎那，濟慈（J. Keats）聽到夜鶯歌唱的那一場清醒之夢，雪萊（P. B. Shelley）跳入河中，幾乎滅頂的瞬間，自由可能也在那裡：短暫、堅實、透明、閃爍。

陶淵明詩：「久在樊籠裡，復得返自然。」其實，既然為人，真的能夠逃離所有的樊籠嗎？

〈至樂〉篇裡有這樣一則故事：莊子在楚國撿到一顆頭骨，他用馬鞭敲著它，問了它一些問題，隨後便枕著它睡著了。半夜，這顆頭骨托夢給莊子，說：「死，無君於上，無臣於下，亦無四時之事，從然以天地為春秋，雖南面王樂，不能過也。」

那些擁有瀕死經驗——靈魂暫時離開肉體，飄浮於空中，隨後又再復活——的人，他們或許曾經淺嘗自由的滋味罷？

神告誡亞當和夏娃：園中眾樹的果實都可以吃，唯獨分別善惡樹上的果實不可。最後，亞當和夏娃決定不聽神的警告。至今人類仍然擁有自由意志，但是，自由意志並不等於自由。

5

31耶穌對信他的猶太人說，你們若常常遵守我的道，就真是我的門徒。32你們必曉得真理，真理必叫你們得以自由。33他們回答說，我們是亞伯拉罕的後裔，從來沒有作過誰的奴僕。你怎麼說，你們必得以自由呢？34耶穌回答說，我實實在在的告訴你們，所有犯罪的，就是罪的奴僕。

6

自由詩（vers libre）有時必須以否定的方式定義：它不受行數和韻腳的規範，每行的字數（或音節）和平仄（或抑揚）也沒有限制。換言之，相對於束縛重重的格律詩，自由詩是充分解放和自由的。

在二十世紀，自由詩是最普遍的詩體，雖然這種詩體由來已久，並非新創。《舊約》裡的〈詩篇〉和〈雅歌〉即以自由詩寫成。米爾頓（J. Milton）有時會在格律詩裡穿插一些自由詩。惠特曼（W. Whitman）當然以自由詩聞名。阿諾德（M. Arnold）也用自由詩寫了〈多佛海灘〉（Dover Beach）。十九世紀末，法國的象徵派詩人更寫了許多的自由詩。

若干年前，台灣的一位詩人突然寫了幾首不很自由的詩，彷彿引發了些許爭議。他的詩距離嚴謹的傳統格律詩尚遠，只有少數地方受到形式的限制。一些詩人和批評家於是發表意見，認為這個詩人是在「走回頭路」與「自縛手腳」。言下之意，在詩人們好不容易推翻格律之後，他的寫作方式無疑是對自由詩——甚至是對自由——的一種反動。

我們的這個所謂的詩壇，有時便會出現如此這般的議論，真的令人不知所措。西方的十四行詩（sonnets）和我們的古典詩一樣，受到種種形式的限制。然而，波德萊爾（C. Baudelaire）曾經為十四行詩辯護道：「一切都適合十四行詩……。十四行詩中有悉心雕琢的金屬及礦物之美。」不過，更聰明的一句話，或許如下：「正因為形式具有強迫性，意念才更強烈地迸發出來。」

作曲家史特拉汶斯基（I. F. Stravinsky）曾經說過：「作品愈經琢磨，愈是自由。」說得多好，幾乎像是矛盾敘述（paradox）。我在寫詩或散文時，偶爾會想到他的這句話。

生命裡總有一些無法迴避的苦痛和憂傷，有時幾乎令人以為再也無法安然度過了。我與它們遭遇時，也會想起史特拉汶斯基。

正如我會想起鄧約翰（J. Donne）的〈聖詩十四行〉（Holy Sonnets），另外一些充滿矛盾敘述的句子：

> 帶領我至你處，禁錮我，因為我
> 除非被你俘虜，將永不得自由。

那些輕視形式限制，彷彿崇尚自由的詩人與批評家，顯然還不很了解詩，不論那是格律詩或自由詩。或許，他們也不了解自由。

誌異

她混雜在人群裡走進地鐵，嘴角不自覺地流淌著笑意。車廂內壁貼滿了各色廣告，坐在對面的老婦默默翻讀著漆黑封皮的經書。「All is well」，她想。那個男人撫平了情慾的皺褶，也貼補了她的開銷。兩者雖然都是暫時的，不過她可以一直做下去啊。她還年輕，臟腑出奇地健康，距離病老或死亡都很遙遠。她所需的只是決心。沒有人會知道的。她的服飾是城裡多數的女人經常穿著的那種。當然平時她不艷抹濃妝。知道了又怎樣？她不過是眾人之一，不是最好，可也絕非最壞。重要的是技巧手腕。她知道自己足夠聰明。生活其實有其刺激容易的一面。況且，擁有陰暗的祕密也讓她覺得高人一等……。車子抵達終點之前，她的心底甚至盪漾著近似宗教或哲學的歡悅情緒。

此時，那個男人的精蟲在闇黑喧囂的體內高速地泅泳。第三天以後，依然全數存活，並且生出羽翼——奇蹟畢竟是存在的。它們抵達她的腳趾、乳頭、腦葉，像無數的種子著床在每一個器官組織上，微末然而極具耐性，等待著。終於有一天，她在地球另一端的妝鏡裡看見了它們。

簡單地說，由於時候到了，它們紛紛發芽抽長。黑色的藤蔓鑽出雙耳和鼻孔，數十條細長有力的莖鬚纏繞著她枯乾的頭髮及脖子。一枚怪異的果子在她的嘴巴裡迅速地膨脹，散發墓穴的惡臭。她彎下腰，用手指使勁地摳挖著。但是它已經太大了，她無法將它吐出。接著她也發現，手腳指甲因為體內力量的衝撞擠壓而全部掉落地板（多像凋萎的細小花瓣啊），彎曲的脊柱忽然從中段冒出一根柔軟蠕動的東西，並且貼緣著她的背，爬過右肩。她困難地轉動頭頸，目光再度接觸鏡面。原來那是一尾冰涼的小蛇。

附註：十四世紀的神祕主義者 Julian of Norwich 曾在其《神愛的啟示》（Revelations of Divine Love）裡寫道：「All shall be well」（一切都將是好）。當然，這篇故事中的女主角並不知道這個典故。

豹女

她又夢見自己變成一頭豹子。牠——或者是她——越過電動大門，四足落在水泥地上靈巧無聲。迎面而來的動物紛紛走避。穿過走廊，牠進入一個房間，像一團影子躍上桌面，一隻前爪伸向坐在桌後的女人的臉。當一名男子走過時，牠又啣住他的細瘦蒼白的頸（多像天鵝的頸啊），溫鹹的鮮血從齒洞中汩汩流出。牠的動作是如此地自然、直接、無辜，如吮奶的嬰孩或抽長的花草。周圍未被噬殺的男女繼續說話，如常微笑。最後，牠到達一張散發著廉價肥皂氣味的桌子旁，像某種神祇似地蹲踞在一張皮椅上。晨光自身後的百葉窗隙透入，牠漆黑的身軀浮泛著一層天使的銀光。

醒來以後，她卻從來不曾記得這個夢。一點印象也沒有了。她又走進浴室，沖掉馬桶裡的排泄，刷牙洗臉，然後簡單地吃過早餐。一如每個必須工作的日子，她換衣化粧之後，便出門趕公車了。在公司裡，她照常認真地辦公，主管不在時，則從善如流地和同事們打屁，播撒和收割著毫無意義的謠言。她的聲音溫軟明亮（前夫曾很俗濫地稱之為黃鶯出谷），人又合群，一雙小眼也總是專注有禮。

她的同事們始終沒有懷疑：在她每夜重複的夢裡，他們早已經支離破碎，血肉模糊。當然他們白天又都復活了。這場殺戮仍將持續。

睡人

他陷入一場深沉的睡眠，全然無聞於外界的聲響。八樓的女人推開紗門，在陽臺上晾掛著剛洗好的胸罩與內褲。它們各自以相異的頻率滴著水珠。有人打開抽油煙機，其後是燒熱的油與生冷的食物驟然激烈的接觸。補習回來的學生背著書包提著便當走過中庭，由於天色已暗，他不小心踢到地上某個物件。那是已經損壞的玩具手槍。電梯降落一樓，負責每日清掃的老頭拎著兩隻黑色的大塑膠袋出來。四樓B室一向最為吵嚷，那棟房子分租給了附近一所職校的學生。他們有男有女，每到深夜，遮著百葉的窗口時常傳出做愛的呻吟。

巷道裡一部機車發動，而在路口一輛救護車搶越紅燈。西側邊間住著那名單身的公家職員，他又結束了一天的工作，在外面吃過晚飯後，順便買回一些水果。現在他坐在客廳的沙發上（沙發布套早已經換成前妻痛恨的花色），準時收看七點的電視新聞。首都發生嚴重的集體械鬥事件。螢光幕上播送著人群追逐及圍觀的畫面，細長的鐵管拖曳在燈光昏黃的街道上。

然而他聽不見這一切的聲音。此刻，他已經不屬於這個世界了。他又夢見那片低矮的磚牆、火、螃蟹，以及小河旁邊骯髒的香蕉田。夢裡的情節進行得如此詭異迅速，卻又無比真實，讓人無法懷疑。十五秒鐘後，他又將要奔跑和摔倒了。不過那只是夢。他很安全。

目擊者

他平安地回到家裡。母親已經為他準備好了豬腳麵線。妻子抱著兒子，眼中仍有些微驚懼的神色。他的確覺得餓了，尤其精神驟然鬆懈之後。沒有事了，他說，我什麼也沒有說。什麼都不說是對的，母親說。是啊，妻子也說。

他確實什麼也沒有說。不論對誰，他的回答總是千篇一律：我什麼都沒有看見。他們只好讓他離去。

他還記得，有人指責他缺乏正義感。那些人這麼說，也只是為了個人的私利，因此他不內疚。他已經不是小孩子了。仁義道德不再如此容易懲罰他。何況牴觸到自身的利害安危時，正義便無足輕重了。他是會流血的動物，不是超人，也非聖人。即使是彼得——那個信誓旦旦的門徒——不是也曾經三次不認耶穌嗎？他否認的原因，不也是貪生怕死……。

諸如此類的想法很快地便止息了。親戚朋友們打電話來慰問他，都說他的做法明智。他也確信如此。這個晚上，他和妻子行房之後，睡得極其安穩。所謂的良心云云，其實並非那麼難以克服。

輯三 火車快飛

火車快飛

1 羅曼史

她又出現在清早的月臺，並且一如往常坐在同一節車廂裡，我才發覺有一陣子未曾看到她了。她的腹部已經消平，膨脹的身體彷彿突然除以二或三，再次恢復了懷孕之前的細瘦。原本留長的頭髮此時剪得短直，令人想起髮禁時代的高中女生。這次是她的第二個孩子罷？至少是第二個。前年夏天——或者更早以前——我記得她也曾經挺著一顆大肚子。那時她似乎才剛出來做事不久，表情舉止透露著生怯，與另外幾個通車的同事也僅保持禮貌的距離。經常寒暄之後，她便安靜地坐在一旁，翻讀希代文叢的愛情小說。她的人緣顯然不錯，很快地同事們開始熱心地介紹育嬰書籍給她，且又一路上向她炫耀著生兒育女的經驗。不過她的服裝品味一直沒有改善，雖然可以看出她刻意在打扮。不知道為什麼，她選擇的衣服款色總是過於誇張和繁瑣，脖子上又常吊些奇怪廉價的配飾。每次和她坐在同一節車廂裡，我就會無聊地想著（一如其他習慣出沒的念頭）：她一定是想模仿那些羅曼史中的女主角的穿著，只不過沒有成功。

2 鳥

火車如一條藍色喧囂的蛇爬過冬日黃昏的平原。車廂內，乘客多數是疲憊緘默的，彷彿披覆著堅硬厚沉的疤。有人翻動報紙，在早已散發著腐味的標題之間漠然地遊蕩。更多的人閉上眼睛，不時地從不安的睡夢中驚醒。在我左前方，一個大約四、五歲的小女孩面向車窗，專注地瞪視著流動變化的世界。一塊塊顏色不同的田地在窗外綴補成一床巨大的被褥，縫線般的田埂旁，鬼針草與長柄菊無聲顫抖。更遠處有一枚紅日，宛若熟透的果實垂掛在幽邈的地平線上。她轉過頭，一手勾住身旁男人的脖子，叫道：「爸，快看，好多好多的鳥……。」

她的話語令我如此震驚。田野間的確飛舞著一群群的鴿子（那些沒有主人與籠子的野鳥，是否更為自由和快樂？）。然而，隨著她的呼喊，許多鮮明的意象也突然闖進我的視界：在古代神話裡，太陽是金色的三足烏鴉，「羿仰射十日，中其九日，日中九烏皆死，墮其羽翼」。美國詩人威廉斯（W. C. Williams）也曾經將太陽比擬成白楊樹間的鳥，「葉子是小巧黃色的魚／在河流中游泳／那鳥掠過它們／白晝在其翼翅之上」。史蒂文思（W. Stevens）那首充滿陰鬱氣味的鳥詩，那些無所不在的山烏，依稀也在身邊盤旋棲止。此外，還有宋詞中的「春歸如過翼，一去無跡」，波斯古詩裡的「時間之鳥只有一點路徑要飛，它已撲翅……。」

那個小女孩的言語動作是如此地天真自然，很難想像日後她也可能變成做作膚淺的女人。她將會是例外嗎？她將一直保有華滋華斯（W. Wordsworth）所謂的「榮耀與夢，幻象之光」？我想起某人的名言：「人只會愈變愈壞」。經過這些年的觀察體驗，我也實在無法樂觀。

十九世紀的浪漫派詩人對於孩童的讚美，我始終存有疑慮，以為那或許是一廂情願的。孩童是「大人的父親」，又是「最好的哲學家」、「偉大的先知」等等，也許只是成人世界的想當然耳，某種羼雜著古希臘哲學的鄉愁。可是，坐在一列駛向黑夜卻不知所終的火車裡，當那個小女孩的聲影輕易地攫住我的視線，我確實無法完全說服自己，也不能夠對這樣的句子一笑置之：

駐留在你身上的真理
我們勞碌終生才能尋獲
在失落的黑暗中，墳墓的黑暗……。

3 卡夫卡

火車抵達某站時，總會多耽擱十幾分鐘。應該是為了會車吧，因為總有一列莒光號火車比我們晚到。必須等它先行離去之後，我們的平快列車才會開動。「階級是最難消滅的」（好像卡夫卡說過這話），即使火車也不例外。

這晚，我們照例認命地等候著莒光號到來。正對著車窗，一支路燈佇立在月臺上，形狀有如放大一百倍的兩耳草。鐵軌那邊的柵欄外面，白天時是一片廣袤的田野，此刻在毿毿的夜色裡，應該也是。

不久，那列莒光號進站了。隔著月臺，它的車頭對應著我們的車尾。從第一節車廂裡，一名身穿紅色制服、戴著小帽的女服務員走了出來。她稍息站在車門外，注視著後面的車廂。這應該是規矩吧，我想，她的工作的一部分。乘客紛紛下車和上車。相對於他們那邊熱鬧的活動，我們的火車幾乎如墓室般死寂。

然後我看到她——那個原本正經地站著的女服務員——她忽然自顧自地跳起舞來。嚴格地說，那不能算是舞蹈，倒有點像孩童玩的跳房子遊戲。

應該上車的乘客都已經在明亮的車廂內就位。我看不見的站長此時想必正在左顧右盼，即將發送開車的訊號。那個女服務員雙腳併攏，一躍而上火車。幾秒鐘後，車門發出幾聲警告音響，隨即關上。

為什麼她會突然決定脫離常軌，在月臺上手舞足蹈起來？我永遠也不可能知道了。那種景象有些突兀怪誕，尤其每天的例行公事已經令我變得拘謹和麻木，想像力也退化成為行動困難的獸。

不過，我的想像力顯然依舊活著。每晚，坐在乘客稀疏的平快火車內，黯淡的燈光彷彿骯髒黏稠的液體，我偶爾還能目睹一些令人驚愕的景象。例如一尾巨大的三葉蟲，或者魚鯨，悄悄地游入我所在的這一節車廂……。

無論如何，我必須感謝那個女服務員（雖然她永遠也不會知道了）。在這樣昏昧的時空中，她所製造的突兀怪誕無疑是更溫柔甜蜜的。對我來說，幾乎如同恩寵。

4交會

傍晚下班以後，如果我搭乘的是同一班火車，那麼我便可以遇見那個男人了。我不知道他是在哪一個站上車的，只知道他和我在許多方面都不一樣。我習慣坐在火車的末尾兩節，他則顯然常常坐在前面的車廂。因此，當火車抵達終站時，我會從南邊的樓梯進入地道，他則是從北面的入口。在地下道盡頭牆上的大鏡子裡，我們的影像偶爾會前後相隨。出了火車站，我總是橫越左方的公路局停車場，在 7-Eleven 前等候燈號變化；他則喜歡直走，穿過銅像所在的路口。最後，我們會在同一家寄車店前面會合。他的新機車通常擺在店外的雨篷下，而我的老機車大都停放在歇業的電動玩具店門口。我們先後把錢和薄薄的藍紙片交給車行老闆（那是我們最接近的時候），然後他會鄭重其事地戴上口罩及安全帽，我則將背包左肩右斜背好，發動機車先行離去。

那些時刻，天色通常已經暗了，進出車站的人們特別多，四周的街道顯得嘈雜忙亂。車站前的廣場有時插滿了各色的競選旗幟；忽然間，它們又像鳥雀全都飛走了。推車小販各自據守固定的地盤，飄送著煙霧和氣味。賣口香糖的老人和殘廢的乞丐繼續察言觀色。一些留著短髮的年輕男子——顯然是正在服役的軍人，雖然他們身著便服——在速食店和電影院附近徘徊遊蕩。返回部隊之前，他們還有一點自由可以揮霍……。

他應該也是匆忙的，和我一樣。在一天的工作之後，我只想儘快回到家裡：吃飯，洗澡，設法讀一點自己喜歡的書，或者寫一些東西……。那些昏暗的時刻，在車站內外，我們經常瞥見對方——啊，另一個通車上下班的人——彷彿某種冷淡的默契，甚或同情，因此悄悄地形成。然而僅只如此。我們從未打過招呼，當然更不曾交談。

在每日早出晚歸的規律節奏中，我偶爾也會胡思亂想，像逸出軌道的車廂，傾倒停頓在靜謐遼闊的田野：是什麼力量驅動著這一切的喧囂追逐？據說神是「不動的動者」（the Unmoved Mover），所以，是祂的愛了？叔本華（A. Schopenhauer）和佛洛伊德（S. Freud）會有不同的說法吧。那麼是性欲嗎？在所有的運動之後，是否有任何形而上的價值或目標？或者，物質即是獎賞，而死亡則是唯一的終點？

這些意外出軌的思緒，當然還不至於造成傷亡。每次它們發生之後，總會讓我想到那個男人。他也有過相同的疑問嗎？從外貌判斷，他大約比我年長二十歲。那麼，他已經知道答案了？或者年紀與智慧無關？他已將近退休，不會再庸人自擾，以巨大的難題耗費精神和體力了吧？等我到了他的年歲，我所要求於生活的，無非也只是平安與健康，至多再加一點瑣碎的嗜好，晚輩的奉承？

在那些視線交會的時刻，不知道他又是怎麼看我的？我——一個過了但丁所謂的「人生之中途」的男子，神情動作帶著難以掩飾的憤懣、困惑、疲憊——是否令他想起二十年前的自己呢？如果他真的想起來了，此時又是什麼心情？慶幸，還是懊悔？或者只有「秋日的平靜」？或許他根本無法想起什麼了。對他而言，年輕也許早已變成似有若無的夢，形影可疑，而且幼稚。

氣味

城裡有一家江浙小館，我和朋友偶爾會去光顧。那家館子隔壁的隔壁是一間花店，每次我們都會先經過它。那間花店雖不算大，店主卻顯然有一些計畫和野心。花店門前的走道早已經變成一座小小的花園，展示變化著各種植物。走過其間，諸多花草的氣味迎面襲來，令人彷彿突然脫離現代和城市，短暫地進入了另一種時空中。

氣味的力量不容小覷。許多動物都是靠著氣味辨識方向、求偶、找尋食物。氣味當然也是記憶的通道，如同普魯斯特（M. Proust）的瑪德琳糕餅和萊姆花茶。妮薇雅冷霜的氣味讓我想到年輕時的媽媽，以及冬日下午玻璃窗外的樹枝。香菸的氣味令我想起爸爸的皮鞋、軍用乾糧、兔子燈籠。洗衣皂的氣味使我想起鄉下老家附近的道班房。走在春天的野地，一種無法確定的花香令我想到二十年前的女子。酒精的氣味讓我想到醫院的床單、一名自殺的高中同學。活著的時候，他是如此善良與溫柔。墨水的氣味使我想到日式平房、榻榻米接縫中的錢幣。珠蘭的氣味令我想到小巷。書的氣味讓我想到大海。水果紙箱的氣味使我想起張大嘴巴的雛鳥、電臺。雨的氣味令我想到夜市柏油路面的粗糙。夏天黃昏的氣味讓我想起火車、木材廠、戲院。

對我來說，氣味誘發的記憶多半帶著淡漠甜美的鄉愁。不過也不一定。每次走過館子隔壁的隔壁的那間花店，聞到眾多花草混合的濃重氣味時，我便會覺得噁心。用餐之後，我都必須設法避開那種氣味，以免真的在大街上嘔吐。那種氣味讓我想到腐屍、面具及一些語言、陰暗的心。

所羅門與百合花

我抵達水庫旁的草地時，揹著除草機的工人已經完成這邊的工作，移到另一塊草皮上了，持續開動的機器發出銳利的殺戮的聲音。我踩著剛修剪過的綠草，彷彿踏著芳香柔軟的被褥一般。被斬斷的長柄菊躺在細碎的草葉間，淡黃的花依稀仍然擁有強悍美麗的生命。我不禁想到《新約》裡的一段話：

何必為衣裳憂慮呢？你想野地裡的百合花，怎麼長起來；它也不勞苦，也不紡線；然而我告訴你們，就是所羅門極繁華的時候，他所穿戴的，還不如這花一朵呢！

你們這小信的人哪！野地裡的草，今天還在，明天就丟在爐裡，神還給它這樣的妝飾，何況你們呢？

這一段話，華滋華斯或許也會喜歡的罷，雖然他在一首十四行詩裡呼喚著異教的神祇。

十九世紀時，工業革命已經對西方世界造成不小的影響。工商社會取代傳統的農業社會，工廠和城市蓬勃興起，人們與大自然的關係也因此不如往昔親密了。華滋華斯對於工業革命的態度還算寬容，不過，他對自然的信念則更堅定不移。在詩中，他斥責那些只知道「獲取和花費」的人，因為他們不再親近自然，卻將自己的心轉讓送走，如同某種「骯髒的贈予」。對於華滋華斯而言，山水風光不僅提供感官的歡愉，或者撫慰心靈而已，它們更和形而上的能力及存在有關。離開大自然，在華滋華斯看來，幾乎無異於離開宗教。

若干年後，霍普金斯（G. M. Hopkins）也在一首十四行詩中，質問人們為何只知汲汲營營，不再重視造物者賜予這個世界的莊嚴豐美，以致於一切都「穿戴了人的髒污，分享著人的氣味」。霍普金斯的詩寫於一八七七年，至此工業文明早已經確定成形，再也無法阻止了。

華滋華斯和霍普金斯皆把大自然看成神的作品，而神也在其中。他們也都責備那些只為追求物質利益而疏遠冷落自然的人。不過，十九世紀的大自然似乎還未受到現代文明太多的破壞——至少在詩人的作品中，還看不出這種遺憾——河流仍然「依其甜美的意志滑行」，不曾遭遇嚴重的汙染或淤塞問題；畫眉鳥的叫聲也在樹林間回響（多麼幽深寧靜的樹林），進入耳朵「像閃電一樣」……。華、霍兩位詩人，以及當時其他喜愛自然的人，仍然可以輕易地接近未受侵犯的山林水澤，在其間流連讚美，或者沉思療傷。關於這一點，他們無疑是比我們幸福的。

我有時開車過來的這座水庫——若非因為路途遙遠，我是寧願騎單車或走路的——由於面積還算廣闊，而且有環潭公路，因此總還能夠找到比較僻靜無人的角落。不過，每到假日時，到這裡來的遊客仍然太多。除了絡繹於途的私人汽車，還經常可以看到前後相隨的大型遊覽車，浩浩蕩蕩地駛向公共廁所及高壓電塔旁側的停車場。至於那一片停車場，周邊長年固定有些攤販，但不是流動攤販，因為他們早已搭建起了簡陋卻堅固的支架和屋頂。而在停車場後面不遠的空地上，最近更建好一棟如歐洲城堡般的豪華的汽車旅館。無論身在水庫的哪一個位置，都不容易逃開這家旅館四處遍布的傳單及看板。

不僅工商文明無所不在，民主制度的勢力也是無遠弗屆的。每到選舉期間，水庫及附近的道路兩邊就會插綁著各種顏色的競選旗幟。去年春天的某個早晨，我正倚靠著水泥護欄，觀望幾隻肆無忌憚的野鳥棲息在一塊警告標誌上——那塊沾著鳥糞的牌子上寫著：「為確保水庫水質，嚴禁侵入水域捕魚、游泳……，違者依法究辦」——忽然間，背後響起激昂亢奮的歌聲，不僅嚇飛鳥雀，也讓我有如大夢初醒。我轉過頭，證實那是一輛競選宣傳車。在一小段戰歌似的旋律之後，擴音器裡開始反覆地播送著號碼、姓名、懇切的呼籲。

洪荒之夢

在最黑暗的時刻，這些樹木、草葉和溪水築造了堅強溫柔的城垛，讓我在裡面蹉伏療傷。我不了解為什麼有人仍會相信傾訴是有益的。抓住某個同類——某個咫尺天涯的人——吐露自己的心事，便能夠逃脫甚至殺死悲傷和苦痛嗎？如果可以，那些苦痛與悲傷未免也太輕薄脆弱了。我太嚴格了嗎？也許。至少對我來說，每次向某一個人傾訴之後，我總是極為迫切地想要再找另一個人，以及另一個人⋯⋯。沒有一個人可以制止這種瘋狂和絕望。

關於人與人的關係，十九世紀的阿諾德早就說過：我們只是浩瀚大海中的無數小島，在島嶼和島嶼之間，唯有深不可測、鹽鹹、疏離的海水。關於人心，阿諾德說：「你是孤獨的。曾經、將來、現在。」

不過，阿諾德似乎也在大自然中找到了平靜和慰藉。在倫敦市區的肯辛頓公園

（Kensington Gardens）裡，他讚美道：「樹下何等青綠！」龐大的世界在公園外面汲汲營營、囂嚷而過，「讓其他人快樂吧，如果他們能夠。」的確有人可以在混亂複雜的城市中找到快樂的。在二十世紀末的台灣，我也認識一些那樣的人。他們完全適應怪異的都會生活。事實上，他們如魚得水。

傾訴或許有益，然而，我的傾訴對象是這些樹木、草葉和溪水。傾訴的方式也不必是語言，多半的時間只是沉默。我像一頭受傷的獸逃到這裡，呼吸著，期待著了解和醫治，並且通常都能如願。在大自然的胸懷裡，經過一段或長或短的時間，我總是可以發現一種不是妥協的和平，一種沒有企圖的溝通。

這些浸潤了一夜雨水的泥土是這樣地軟滑，我必須踩踏在密集的草莖、樹根或半露的石塊上，才不至於跌倒。鳥聲像水珠晶瑩地滴落。我仰起頭，晴藍的天空變成碎片，填塞在無數顫動的葉片之間。這些樹幹是如此高大、樸素與堅實，每每令我——一個名叫人類的生物——感到羞愧沮喪。到了最後，我總會再度想像那一種畫面：在洪荒時代，當人類尚未出現，或者還未大量繁殖之時，地球表面必定是蒽蘢蓊鬱，水色明亮，既狂放野蠻又細緻美麗的罷。缺少人類的地球多麼純潔乾淨。

在那樣一個遙不可及的世界裡，我願意自己是一種與人無關的動物，像是史蜜絲（S.

Smith）詩中的梭子魚、河鼠或貓頭鷹（誰敢確定當時沒有那些動物呢？）。當然，我更願意自己只是一株向著天空生長的植物。

坑

友人從越南寄來幾張照片，其中一張是一個圓形的土坑。坑的斜面長滿了野草，兩個小孩接近坑底的積水，放進紙船之類的東西。另一個男孩高高地站在坑緣，拿著石子往裡面丟。「咻——炸彈來了。」我彷彿聽見他喊。

那張照片背面只寫著兩個字：「彈坑」。原來它真的是炸彈的傑作。從孩童的身長估算，它的直徑將近十幾公尺。若是當作墓穴，堆埋三、四十人絕無問題。

我突然想到桑德堡（C. Sandburg）的一首名為〈草〉（Grass）的詩。詩中，那些長在戰場的草以第一人稱的口吻說道：「我是草，我覆蓋一切」。它們不僅覆蓋了死亡的士兵的屍體，也覆蓋了戰爭的記憶和教訓。兩年或十年以後，旅客行經此地，茫然地詢問嚮導：「這是哪裡？我們身在何處？」

那首詩出現於一九一八年，即是第一次世界大戰結束的那年，而第一次世界大戰曾被樂觀地稱為「終止戰爭的戰爭」。

夢土上

每當走在夜色環伺的大城中心，經過如此艷麗繁多的燈光、櫥窗、男女，我的腦海中便會隱約浮動著阿諾德（M. Arnold）的詩句：

啊，愛，讓我們彼此
真誠！因為這個世界似乎
像一塊夢土在我們面前展開，
如此多樣，如此美麗，如此新穎，
其實沒有歡愉，沒有愛，沒有光，
沒有確定和平靜，沒有之於痛苦的幫助……

這些句子出自〈多佛海灘〉（Dover Beach）。阿諾德寫作這首詩時，大約是一八五一年。其時工業革命已經開始了將近一個世紀之久，機器大量取代人工，工商城市和資本主義興起，社會結構出現重大的變化。也即是在一八五一年，英國的維多莉亞女皇在海德公園舉辦了第一場世界博覽會，展示各國在現代工業方面的成就，正式宣告工業時代的蒞臨。不僅如此，科學領域內各種新奇的理論及發現，也改變了人們舊有的思考方式和存在地位。除了地質學和天文學，對於人類造成最大衝擊的，當然還是生物學。雖然達爾文（C. Darwin）的《物種源起》出版發表於一八五九年，不過，在那之前，類似的理論已經喧嚷多時。

阿諾德身處的時代充滿了新奇的事物和思想，工業社會取代了農業社會，傳統宗教所敬畏的神也受到科學這個新神的試探挑戰。隨著一個新時代的來臨，各種問題和弊病也相繼出現。工業革命帶來了新版的「七死罪」（the seven deadly sins）：危險而污穢的工廠、童工、非法利用女工、超時工作、低薪、貧民窟、失業。科學新知則推翻了〈創世紀〉的神話，將人類拋入孤獨疑懼之中。正如阿諾德所言，他的時代雖然彷彿「多樣」、「美麗」和「新穎」，其實卻如「夢土」一般虛幻詭異。在種種新鮮玩意的表象之下，人心無法獲得真正的寧靜與慰藉。

阿諾德對於十九世紀充斥的功利主義、信仰危機、以及人們追求物質享受的心態，始終不以為然。做為詩人，他記錄了當時那個病態社會的各種情狀；做為散文家，他則企圖匡正時弊，扮演醫師和教師的角色。他曾經說過「文學是人生的批評」，這句話雖然猶待商榷釐清，卻可能解釋為何他在一八六〇年以後便不再寫詩，而專事批評工作。

在批評文章裡，阿諾德經常稱呼當時崛起的中產階級為「非禮視聽」（Philistines），此字意指粗魯、無知、心胸狹窄之人。他們既不虛心求知，也無法欣賞哲學與藝術領域內的傑作。總而言之，他們是阿諾德口中缺少「文化」的人。然而，阿諾德又正確地預見，未來的世界將由中產階級主導。也因此，他始終未敢放棄教育和指引他們。

阿諾德的詩和散文，即使是在一個半世紀之後翻讀，也還頗為警惕及具現代感。從某些方面來說，他的確像一名先知。在〈多佛海灘〉一詩裡，他看到了「信仰之海」的退潮：撤退的海水不再緊緊地環抱陸地，如一條已然鬆弛的腰帶。腰帶鬆弛的意象，無疑含有失去貞潔的暗示，也令人想到若干年後，葉慈在〈第二度降臨〉（The Second Coming）中所說的：「天真之儀式已經淪陷」。〈多佛海灘〉末尾的三行，則當然可以指涉發生在十九世紀的革命和戰事；不過，如果將其與二十世紀的幾次戰爭發生聯想，更會讓人觸目驚心：

我們在此，像在黑暗的平原
被爭鬥及逃亡的混亂信號襲擊，
當無知的軍隊衝突在夜裡。

外星人公路

一九九七年六月發行的一期《新聞周刊》中，有一則短短的報導，文字旁還附了一幀小小的照片。那幀照片裡只有一塊長方形的路標，靜靜地豎立在空曠的大地和雲霞的天空之間。路標上面寫著兩個英文字：Extraterrestrial Highway，另外又畫了兩艘童話般的、傾斜的、似乎正在行進的飛碟。

那一則報導的大意是這樣的：某份雜誌證實，美國軍方已經關閉內華達州的「五十一區」（所謂的幽浮基地），並將此一基地遷移到了猶它州，一處名叫綠河（Green River）的地方。軍方否認這種說法，斥為無稽之談。綠河的市長則說，她很樂意招待外星人，如果此事意味著工作機會的話。不過，直到目前為止，綠河唯一的幽浮基地是餐飲店裡的一台電動遊戲機。

一九九七年是傳聞中的羅斯維爾（Roswell）飛碟墜毀事件的五十周年。美國軍方又被迫發布了一些新聞，說明半個世紀之前的幽浮事件純屬誤會。所謂的飛碟和外星人云云，其實只是軍方進行實驗所用的觀測氣球和假人。為了澄清一切，軍方甚且製作了錄影帶。即使遠在臺灣，我們也都能夠在電視新聞中看到。

與此同時，相信飛碟和外星人確實存在的人們，也並沒有保持沉默。不但有人為此著書立說，當年與羅斯維爾事件有關的男女，還在電視裡接受訪問和作證。根據他們的說法，一九四七年七月，在新墨西哥州的沙漠中，不僅發現材質特殊的金屬碎片，以及四具外星人的屍體，並且還擄獲了一艘完整的飛碟。專家們和學者們甚至出入古今，追蹤外星人與飛碟在人類歷史上出沒的軌跡。例如，有人提出各種研究數據宣稱，埃及的金字塔即是幾千年前的外星人建造的。

真相究竟如何？宇宙間到底有沒有飛碟和外星人呢？這個問題類似宗教信仰問題，一般大眾根本無法確定。如果羅斯維爾飛碟墜毀事件真有其事，美國軍方企圖隱藏真相的種種說法和做法，其目的又是什麼？為了取得軍事科技方面的絕對優勢？或者不希望人民另有更高的指望，以免顛覆腐敗的人類的政府？

無論如何，能夠在眾多的報刊雜誌當中，讀到那樣一則報導，看到那麼一幀照片，的確是愉快有趣的經驗。與那一塊路標相關的人——想到要為幽浮指路的人、繪製設計路標的人、批准豎立路標的人——應該都是可愛的罷，因為他們的想像力和童心尚未死去。《新聞周刊》的編輯也很可愛。他們沒有否決這樣一條彷彿無足輕重的小道消息，而將它和那些戰爭、政變、醜聞、饑荒的報導，一起收入周刊中。

呼叫

第三天了，我又聽見牠在黑暗的窗外，孤獨地呼叫著。那是呼叫，我想，不是歌唱。短促低沉的音節兩兩連綴，不斷重複，彷彿有人耐心地練習著木管樂器的一個音。「嗚嗚——嗚嗚——」每到夜晚的這個時候，那種聲音就會從書房窗外的果園裡傳來，準確如星座的位置。

那是某種動物吧，我想。然而記憶所及，我從未聽過任何一種動物的叫聲是像那樣子的。由於從小在鄉下長大，對於一些野生動物的聲響和習性，我並不太陌生。尤其是鳥類，我知道的就更多了。直覺告訴我，這幾天在我的窗外殷切呼喚的，應該是一隻鳥，一隻我所陌生的鳥。牠的形狀大小，羽毛色澤，以及飛行姿態，都在我的知識範圍以外。從牠厚實沉鬱的叫聲判斷，牠的身軀必然大於綠繡眼或白頭翁。牠甚至可能比烏鶖或紅鳩還要大吧。牠也許是一種候鳥，隨著季節的遞變，從異國遷徙到了臺灣，為了避寒之類的簡單理由。牠也許有一個較長的脖子，就像小水鴨或天鵝一樣⋯⋯。坐在黑暗的窗前，我猜測著，然而一切都無法確定。

我幾乎能夠確定的只有一件事：牠是孤獨的。這三個晚上，我曾經在午夜之後仔細地傾聽，始終沒有發現牠的鳴叫招來遠近任何類似的回應。感覺中，牠的聲調一天比一天更瘖啞虛弱了。如果牠真是一隻候鳥，牠的同伴都到哪裡去了，為何只留下牠在這裡？牠又為什麼不鼓翅飛走，難道牠受傷了？屋後的果園在五月裡已經變得蓊鬱溫暖，對牠而言，卻可能是最後的一塊棲息之地嗎？

牠在滿是閃爍星子的夜空下繼續拍發著訊號。那種短促低沉的聲響，此刻聽來有如啜泣。「嗚嗚——嗚嗚——」我忽然想起若干年前看過的一部科幻電影：一名流落地球的外星人，也曾經孤獨地對著星空，一遍遍拍發著求救的密碼。他要回家。

當黑暗的時刻來臨，我也曾經拍發過類似的密碼，正如許多人一樣。我們也想回家——一個無所恐懼的，充滿愛的所在——雖然那不必是地上的家。在罪和死亡進入這個世界之後，一切都已經註定終要變易與朽壞。地上的家或許擁有和諧溫馨的表象，我卻經常在其中發現匱乏和不安。

在無數垂死的星星之下，當我在冗長的夜晚輾轉難眠，或者因為噩夢突然驚醒，我就會知道自己已然離家多麼遙遠。對於流浪在時間裡的眾人而言，這種鄉愁或許並不陌生。「嗚嗚——嗚嗚——」那種祕密的、絕望的訊號持續著。乍聽之下，它確實像是某人正在孤獨地哭泣。

熱夏

嘉義市不算大，但是對於走路的人——尤其是不良於行的人——可能也不太小。奇怪的是，我開車外出時，卻經常在不同的地點看見他：拄著拐杖，一瘸一瘸，不時停下腳步，激昂地說話……即使是在酷熱的夏天中午，這種相遇也會發生，在某個路口，某間商店前。大家都藏匿在陰影裡，任憑冷媒辛勤地工作，那些暴露在太陽下的物件則鬱鬱反光。對他，高溫似乎從來不是問題。他持續做著每天要做的事。

由於多次遭遇，也因為他聲音宏亮，我曾經真的聽見他說話的內容。他用字遣詞極為流暢，音節和音節串連良好。清晰、穩定、抑揚頓挫，讓我想起古人的文章。當他說話，肢體也會隨之動作。通常他會舉起拐杖適度揮舞，似在強調重點。他的目光則總是穿越周圍的人物，投向遠方，彷若他的聽眾位於地表與天空的交界處。

無論如何，我聽不懂他說的話。他想必是在使用某種語言，但我對其完全陌生。據說，人類現存的語言還有將近七千種，也許他說的是其中之一？他的外貌並不殊異。經常在外行走，或會使他顯得憔悴蒼老；然而，他的骨骼及膚色都不像是外國人。也許他是少數民族，屬於南亞語系，或者南島語系？

他滔滔不絕，唱作俱佳，我卻全然無法理解。那種感覺頗為奇特。或許，他也聽不懂別人的話，所以也有類似的荒誕之感？不過，我們兩人畢竟是不對等的。大多數人站在我這邊，都以戒慎恐懼的態度，與他保持一段距離，他則始終孤立無援，自成一國。

人們擅長論斷及歸類，對於不懂的事，尤其如此。初次看到他，我大概就已經將他排入某一種人的行列中了。在那個隊伍裡，他的情況不算最糟，當然比他輕微的也有。自我封閉、譫語，甚至妄想、幻覺，他的病歷中應該出現 **schizophrenia** 這個字。精神分裂症，一種遺傳疾病，藉由環境誘發，造成腦部神經傳導物質失序。可是，也有研究顯示，精神分裂症並非純粹的遺傳性疾病，患者半數以上源於自身的基因突變。至於是哪些神經傳導物質出了問題，則尚無定論。

人的精神領域一如宇宙，吾人所知甚少。這是佛洛伊德的名言。目前為止，他是對的。1911 年，精神分裂症才被正式命名，像一顆星，雖然它可能和人類的歷史同樣久遠。至今，在普羅大眾眼中，精神分裂症與其他的精神疾病沒有區別。罹患精神疾病的人，一律叫做瘋子或神經病。

精神分裂症的徵狀，例如自閉、譫語、妄想、幻覺等等，都是醫學書籍裡的描述。換句話說，那是一小群人的片面之詞。對於自己，精神分裂症患者必然另有詮釋吧？或許他們堅信，他們所見所聞都是真相。那些真相太過離奇和銳利，日常話語已經無法表達，所以需要新的語言。同時，由於那種體驗難以分享，他們理所當然孤立。

或許，在他們看來，所謂的正常人才是不正常的？真相如此明顯易見，像草色和蟬蛻，大多數人卻寧願封閉在虛妄的世界裡，蠅營狗苟，喋喋不休。顛倒何謂？誰確定呢？有誰可以清楚地劃分健康和疾病，真理與瘋狂？十六世紀時，哥白尼主張地球繞日旋轉，卻被視為邪說異端。二十一世紀某日，我讀到一則網路新聞，大意是說，企業高層人士是精神病患的比率，遠超過非高層人士。某些領袖魅力其實是精神病徵。

究竟，精神分裂症患者察知了什麼真相？城市如一副可笑的骨骸，褪盡血肉的裝飾，變得簡單明瞭？蒼蠅飛進臥室、廚房和下水道，縝密的思緒像安裝了大喇叭，震耳欲聾？每一陣風，如同每一段沉寂，聚集了有罪與得贖的鬼魂們？古老的預言，將臨的電波，雜沓混亂的形狀、氣味、冷熱、悲喜……而他們是功能強大的天線，無一漏失？或者，這些只是我的想像？

拄著拐杖，在街道上遊走，大聲說些奇異的話……他持續做著每天要做的事，像某種義務。或許，他真能夠看見真相，但也必須為此付出代價。那是他的使命，也是宿命。他無法逃避，否則便會和約拿一般，進入黑暗的大魚肚腹。終其一生，他必須不停地做著同一件事，被同樣的火焰燒灼。而結局則可能是，他會孤單地死去，始終無人理解他的訊息。

另一種結局比較快樂圓滿：有一天，所有的人忽然都能聽懂他的話了，並且深表同意。他們拋下各自的陰影，紛紛走出建築物，發現暑氣已經退散。那時，他把目光從遠處撤回，如同大夢初醒，隨後快速安靜地離開。

註：2014年，衛福部將「精神分裂症」改名為「思覺失調症」。

火車上的戶外教學

早晨，沉悶疲憊的通勤列車車廂，由於一群幼童的加入，突然變得生趣盎然，熱鬧非凡。那種立即而強烈的氛圍變化，就像在灰暗呆板的房間裡，靜靜地擺放了幾盆綠色植物一樣。車上的乘客原來嚴峻冷淡的臉孔，開始不自覺地鬆懈舒緩，彷彿籠罩在一片柔和的光中，有人甚至露出了微笑。座位上的大人們紛紛移動身軀，挪出空間，希望那些參加戶外教學的幼稚園學童，能夠有機會靠坐在自己身邊。

那些四、五歲的孩童對於火車裡外的一切，均充滿了好奇與驚異。對於他們來說，世界像是剛造好的。幾位輔導老師一面維持秩序，一面也會指著車窗外的景物，讓他們辨識稻田、池塘、工廠、乳牛、野鴿子、白鷺鷥、檳榔樹……。每當有新的發現，孩童們總是大呼小叫，極為興奮和快樂。他們的眼神是如此認真——借用張愛玲的話說，彷若「末日審判的時候，天使的眼睛」——使得我們這些本來毫不相干的乘客，也不得不仔細聆聽著輔導老師的話語，如同一旁監督的家長般，以免那些老師有說錯或草率的地方。

《舊約》是這樣說的；亞當和夏娃違背神的意志，吞食了分別善惡樹上的果子之後，人類便從此有罪了。此即所謂的「原罪」。這些坐在火車車廂裡的稚嫩生命，雖然不知道原罪的意義，依據《聖經》的說法，卻也都是它的當然繼承人。不過，假設他們果真也有罪的話，他們的罪性大概仍然處於睡眠狀態罷，一如泥土裡尚未被雨露和溫度喚醒的種子。否則他們不會那麼惹人憐愛，令人處處想要保護討好。大人喜歡孩童，無非是在後者的身上看到了某些自身已然失去的特質罷？那些特質如此美好珍貴，使得耶穌也必須說：「我實在告訴你們，凡要承受神國的，若不像小孩子，斷不能進去。」布雷克甚至將基督、孩童及溫馴的羔羊看成「三位一體」，說明未受世俗污染的孩子是何等地接近和擁有神性。華滋華斯的詩〈永恆的啟示〉（Ode: Intimations of Immortality）則用了許多的字句稱許孩童，說他們是「盲者的眼目」和「最好的哲學家」，可以洞見與了解永恆的祕密。相反地，成人們終日蠅營狗苟，忙於塵世的瑣事，已經不再具有那種能力，只能回顧悲嘆：

幻象之光逃向何處？
榮耀與夢而今安在？

華滋華斯的〈永恆的啟示〉一詩，顯然受到柏拉圖的世界觀所影響。依照柏拉圖的說法，降生在這個世界上的人，其實都來自於另一個世界，也即是所謂的「觀念世界」（the world of Ideas）。那裡遠比我們這個世界真實完美。孩童出生不久，當然距離「觀念世界」較近，其所擁有的彼處的記憶，也較為清晰鮮明。因此，他們要比成人更為接近真理與美善。

東方的道家哲人也經常頌揚赤子之德。老子就曾經以嬰兒比喻純樸渾沌的境界，例如他說：「專氣至柔，能嬰兒乎」、「為天下谿，常德不離，復歸於嬰兒」。在《道德經》一書第五十五章裡，他更毫不保留地讚美嬰兒：

含德之厚，比於赤子。蜂蠆虺蛇不螫，猛獸不據，攫鳥不摶。骨弱筋柔而握固，未知牝牡之合而全作，精之至也。終日號而不嗄，和之至也。知和曰常，知常曰明。益生曰祥，心使氣曰強。物壯則老，謂之不道，不道早已。

天真無邪的嬰兒，純然是一團天理，甚至毒蟲、猛獸和凶鳥也不會加害於他。嬰兒的身體雖然柔弱，卻能緊握拳頭；他雖然不知道男女交合之事，生殖器卻常勃起。這都是因為精氣飽滿、生機旺盛之故……。嬰孩的自然柔和，精神純一，正是老子所推崇嚮往的反璞歸真的典範。

耶穌、老子和詩人們關於孩童的說法，或許都沒有錯。一般還有些許反省能力的人，大概也都可以承認：孩童的確要比許多大人更為高貴和美麗。然而，坐在這一節車廂裡的乘客，到站下車之後，還有多少人會記得這群幼童曾經帶給他們的愉悅，甚至啟發？如果記得，又能持續多久？人生實難，人心又是這般地狡詐陰險。為了存活，或者為了名利私欲，人們總有很充足的理由回到成人的世界，繼續扮演世故強悍的角色。有多少人能夠「絕聖棄智，絕巧棄利」呢？有耳的人，又有幾個真正聽見了耶穌的教訓？

成人經常炫耀吹噓的，不是天真未鑿的童稚之心，而是各種的經驗。七等生寫過一篇短篇小說，題為〈我的戀人〉。在小說的前段，那一名戀慕著已婚婦人的少年，由於年輕與單純，深為自己的無望的愛所苦。時光匆匆，到了小說的後段，不再年輕的他重返舊地，憑恃著「莊嚴和年紀」，以及諂媚等等技巧，他輕易地便擄獲了那位婦人的年輕的女兒。「我知道事情應該怎麼去做，因為我有許多經驗；我曾以率直蒙嘗許多挫折，我便懂得一些委婉的方法捕回我的獵物……。」他成功了。成功原本是值得慶賀的事，七等生的那篇小說也應該可以算是喜劇收場罷。只是，每一次我讀它時，總會覺得寒意森森，幾乎毛骨悚然。

臉

有時我想，如果每個人的臉上都戴著一副面具——而且是同式的面具——那麼，人與人之間的關係必然會變得更為單純，甚至和諧。這副面具必須遮住人臉的絕大部分，只在不得不挖洞的地方——眼睛，鼻孔，嘴——露出破綻。如果科技更進步一些，在不妨礙生命和生活的情況下，甚至這幾個洞孔也是可以省略的。全然取代臉孔的面具無疑是最完美的。所有的表情都將因為不再能夠曝光而逐漸死滅。對於向來擅長偽裝且又惑於表象的人類而言，這將是嶄新的福祉。

十九世紀時，英國的白朗寧夫人（E. B. Browning）曾經寫了許多十四行詩，獻給她的先生。在其中一首中，她要求羅勃・白朗寧（R. Browning）不要因為「她的微笑，她的模樣，她溫和的說話的方式」而愛她，因為凡此種種皆可以改變，而由此產生的愛情，也可能因此消逝。最後，白朗寧夫人說道：「但為了愛的理由愛我吧」，因為愛的本身是不朽的。

白朗寧夫人所謂的「愛之永恆」（love's eternity），實在已將男女之間的愛情提升到了宗教的層次。不過，在這首情詩裡，白朗寧夫人無疑也揭露了某些令人悲傷的事實。她顯然發現到了——正如更早以前的巴斯卡（B. Pascal）也曾經發現的——紅塵中的男女情愛是如此地依賴表象，而表象又是這般地膚淺善變。

半個世紀之後，葉慈在一首短詩裡，也以面具做為題材，展開了一場有關表象和愛情的對話。在詩中，男女兩人你來我往，形同辯論：男子首先要求他的愛人卸下面具，但是那名女子拒絕了，因為她知道「是面具吸引你，其後鼓動你的心，而非面具之後的東西」。

當然，葉慈所謂的面具只是一種比喻，意指偽裝。事實上，人人都戴著面具，雖然彷彿只有臉皮。這張臉皮甚且千變萬化，左右逢源，其功用絕非真正的面具所能望其項背。我所幻想的新時代的面具只有一種表情，它自然和葉慈詩中的面具不同。

艾略特曾經寫過這樣的詩句：「準備一張臉去見你見到的臉」。在《馬爾泰手記》裡，里爾克（R. M. Rilke）也曾描述一個女人的臉，那是一張匆忙中還來不及準備的臉：「我努力不去看那張撕除遮蔽的臉。從內部觀察一張臉令我戰慄，但我更怕剝皮赤裸的、沒有臉的頭……」。里爾克是誠實可敬的詩人，他當然不至於逃避真實，沉迷表象。不過，一般的人或許就不是如此了。

對鏡

他不疾不徐地對著男孩敘述自己的故事，故事背後當然隱含著某種深意。他的眼珠在鏡片內無聲地移動著，表情甚至可以稱為悲憫。男孩專心地聽著，彷彿承認他的閱歷如同一塊魔鏡，可以透視煙雲繚繞的困境，同時在未來眾多可能的發展中，指示最穩妥正確的一條路途。

然後，他對男孩揭露故事背後隱含的深意，像一名年長二十歲的父兄，步步誘導初出茅廬的晚輩了解人世的複雜險惡。他夾議夾敘，熟練地運用著聲音和肌肉，以及多出的二十年裡所學到的種種對付同類的技巧。當男孩對他的話語偶爾流露懷疑和不安時，他會立即適量地加以安撫和恐嚇。「孩子，你很善良天真，不過這是一個強食弱肉的世界。你應該念過生物學吧，關於偉大的達爾文於一八五九年和一八七一年所發表的不朽學說。He will be forced to admit the close resemblance of the embryo of man to that of a dog。物競天擇說，其實，並不像一般人以為的那麼冰冷。它類似於亞當・史密斯（A. Smith）的經濟原理：當人們汲汲追求個人的利益時，反而更能促進整體社會的福祉。一切都是為了生存。美國東部有一種『十七年蟬』，幼蟲長期蟄伏在地底下，只靠吸吮樹根汁液維生。如此經過十七年，上百萬隻幼蟲突然在幾週之內一起爬出地面，蛻變為蟬，交配產卵。為什麼不同種類的蟬，只因為在同一個地區，便會一起出現呢？這是一種策略，為了繁衍後代。由於短時間內數量極多，牠們的天敵無法趕盡殺絕，因此可以保證物種的延續。那麼，又為何是十七年呢？首先，這是很長的時間，超出多數天敵一代的壽命；也即是說，這些蟬下一次集體出現的時日，無法被敵人預知。其次——也是最有趣的一點——十七是一個質數。換句話說，蟬與其天敵的生命循環週期狹路相逢的機會將是最小。在文學作品裡，蟬的一生常被穿鑿附會成某種動人的象徵，真相卻是為了傳宗接代。所以，什麼才是真相？……你以為生命中真有最後的正義嗎？等你到了我的年紀就會知道：生命只是一條很細小的河，源頭水量有限，距離湖泊或海洋都遠，何苦還要在其中填塞更多的泥沙和垃圾？……。」為了自己的利益，他此刻已然操控了男孩的情緒和選擇。終了，男孩感激和信任的目光，甚至使得他也相信，自己或許確是一位慈悲而智慧的長者。

二十年後，那個男孩也將和他一樣：精於修辭，擅長表演，自私自利，對於他人的苦難毫不同情。二十年後，他也將對著小他二十歲的晚輩，不疾不徐地敘述自己的故事，然後揭露故事背後隱含的深意。當對方由於年輕和單純，對他毫無防備地言聽計從時，或許他也會忽然想起一名死去已久的少年，並且產生一種錯覺：比起二十年前的自己，中年的他確實更為智慧而慈悲。

在醫院

距離我的號碼還早，於是我循著樓梯，走上八樓。

光線透過上面的強化玻璃，像一根巨大的方柱矗立在中央。這是這棟醫療大樓的採光方式。在每一樓層，診間就散布在光柱四周，外面則是互通的迴廊。

我先逛到一頭，那裡的候診室坐了四、五十人。當我經過時，不少人轉過臉，以一種奇怪且防備的目光看著我。我感覺自己如同異類，雖然完全不明白發生了什麼事。

我走到八樓的另一邊，看到另一群人坐在另一個候診室裡，才恍然大悟。他們面對的診間大門上掛著：「精神科」。

原來，剛才在「美容整型科」那邊的病人以為我是從「精神科」出來的病人。

看來，只憑外表，根本無法判斷一個人的心智是否正常。

當我走過「精神科」時，也有幾個人忽然抬頭，警覺且怪異地看著我。他們是病人嗎？還是病人的正常的家屬？

或者，他們以為我是被「美容整型科」改頭換面之後的動物？

伉儷

他們聽見車身擦撞到某物的聲響。他決定停車。車子右後方，一輛機車倒在地上，後輪仍然兀自空轉著。機車旁邊的中年男子已經站了起來。他驚魂甫定，摸索著雙膝，又抬起手臂。細小的血珠從磨破的手肘表皮無聲地滲出，西褲靠近大腿的部位也裂開了一個口。

他走下車後，先在車尾巡視兩趟，仔細地檢查著自己的汽車。機車騎士瞪他一眼，開始數落他的不是。不過這個中年男人說話有些結巴，相貌又不夠狡猾凶狠，實在不是那種適合在路邊——或者任何場所——講理的人。

他始終一言不發。車尾刮傷了一小條，不算太嚴重。然後，他又裝模作樣地敲了敲車輪金屬蓋。看過車子，他的視線終於轉向機車騎士，彷彿極有興趣地傾聽著他的抱怨。

「你開車要右轉，也不減速嗎？也不打方向燈的嗎？你怎麼這樣子開車呢……。」

機車騎士顫抖笨拙的聲調令他極為放心。此時他的妻子推開車門，也走了過來。他們並肩站立，目光一同盯住眼前這個狼狽無援的中年男人。不等機車騎士結束一句話，她忽然大聲地斥罵道：

「你說什麼屁話！是你自己機車亂騎，撞上我們的車。否則我們根本可以不必停車，你又能怎麼樣？你要叫警察嗎？叫啊！」她半轉向身旁的伴侶：「有沒有撞壞我們的新車？一定要好好地檢查一下。」

開車的男人彷彿受到某種鼓舞，頓時收起臉上那種似笑非笑的表情，顯得極為銳利冷峻。他的面皮白淨光亮，掛著一副金邊眼鏡，如果不是那堆燙過鬈曲的頭髮和一個圓凸的小腹，倒有幾分像是學生。他伸出手，指了指機車騎士，陰陽怪氣地說：「我已經忍耐你很久了喔……。」

最近半年內，這對年輕夫妻之間爆發的大大小小的熱戰與冷戰也夠多了。三天以前，他們才剛狠狠吵過一架，至今雙方也還沒有和解。這名全然無辜的機車騎士此刻出現，使他們難得地再度目標一致，成為同志。他們又重拾了彼此之間的默契，每一個動作和每一句應答，都像事先排練過的，配合得天衣無縫，自然融洽。兩人你來我往，像耍弄一隻溫馴受傷的動物般欺壓著另一個人類。其實他們應當感激這個倒楣的中年男子。他的出現暫時消解了他們之間的僵局，為沉悶的彼此憎恨的婚姻生活，添加了一點點的娛樂與生氣。

食物鏈

之一

我想要番茄起司牛肉堡。
牛肉是紐西蘭還是澳洲的？
番茄是有機的嗎？
但完全有機的食物不可能存在於這個世界。
蛤，你不知道？網路都有在說。
可以搭配中杯焦糖熱奶茶嗎？
如果是荔枝蒟蒻冰茶呢？

積點優惠方式能不能再說一遍？
我只能有那些選擇嗎？
你應該要跟你們公司反應一下。
這個比司吉看起來還不錯。
上面有淋奶油嗎？
這樣噢。
我決定不要番茄起司牛肉堡。
鮮蔬火腿蛋堡會附乳酪或薯餅嗎？

之二

（等候飯菜上桌時，她們喝著茶，聊著天。）
追你的人很多吼？
哪有！
才有！告訴你們，上星期一個交大碩士來找 Julie。

你的皮膚好白，腿又長。
對啊。羨慕死了！
不像我，基因不夠好。
（飯菜陸續上桌，她們繼續聊天。）
聽說他小中風。
真的假的？
我聽大奶枝說的。復健中，他姊姊負責照顧。
是不是很清秀、沒有結婚那個？
好像是。啊，這個魚肉真鮮美！
大閘蟹也不錯！
我在陽澄湖吃過最棒的。
公的耶，還有白膏！
今天我決定要大開殺戒了。
你們要不要喝酒？

極短六篇

病毒

一隻病毒往返於地球表面，終於進入她的電腦。第三天，她回信給他。一如往常，她的信以「老公」起頭，以「老婆」結尾。

彷若被神允准的撒旦，這隻病毒開始做工：它祕密地複製她的信，且傳送至通訊錄裡的每一個郵址。

其中包括她的同事、客戶、兒女、在外經商的先生。

選擇

他在座位底下拾獲一只皮夾，然後便是選擇之必要。

對於某些人來說，選擇始終並非難事，無論情境為何。他們的天平總是輕易迅速地反應：一方上升，一方下沉。

他所花的時間不多，只有七分十二秒。在公車之外，另一個生命可能因為他的決定從此轉變，宇宙也許就此不同。

不過，他沒有想那麼多。

理由

最近，她有所期待。

省道上依然車來人往，仙鬼神魔從未間斷。她也繼續模仿著一種玻璃屋裡的生物，彩妝嬌豔，衣著怪誕。

其實，他的面貌非常模糊，不足以當她的救星。他的車子能夠帶來期待，只有一個理由：接過檳榔時，他會小聲地向她道謝。

車禍

他騎乘著自己的意念，時速介於零和無限大之間，忽而回到過去，接著抵達未來。現在消失了，只剩下在他腦中的虛幻的兩極。他執著地反覆往返，像置身於奇異的時光機器裡。

最後，一輛載運塑料及仙草的小貨車負起了提醒的責任：他騎乘的只是機車、這是此刻、路口的燈號已經變紅。

安慰

後來她又加上一段話：「你很善良，善良的人終究會有好報的。我一直計畫去看你，可是最近工作太忙，雜務很多，還有小孩的事。不過我希望你知道，我很關心你。祝你新的一年平安順利，桃花朵朵開。要幸福喔！」

她按下發送鍵，非常滿意。

那一段話只安慰到她自己。她搞錯了。

必要

那個男人摸著肚子，對醫生說：「我很難受。有人在這裡埋了四根金針，三長一短。」醫生愣了一下，然後煞有介事，戴好聽診器，在那個男人的肚皮上聽了十幾秒鐘。「我仔細檢查過。」醫生總結：「沒有金針。」

由於職業，醫生必須回覆病人的疑慮。下班後就不必了，屆時他不再需要理會他者的瘋狂。

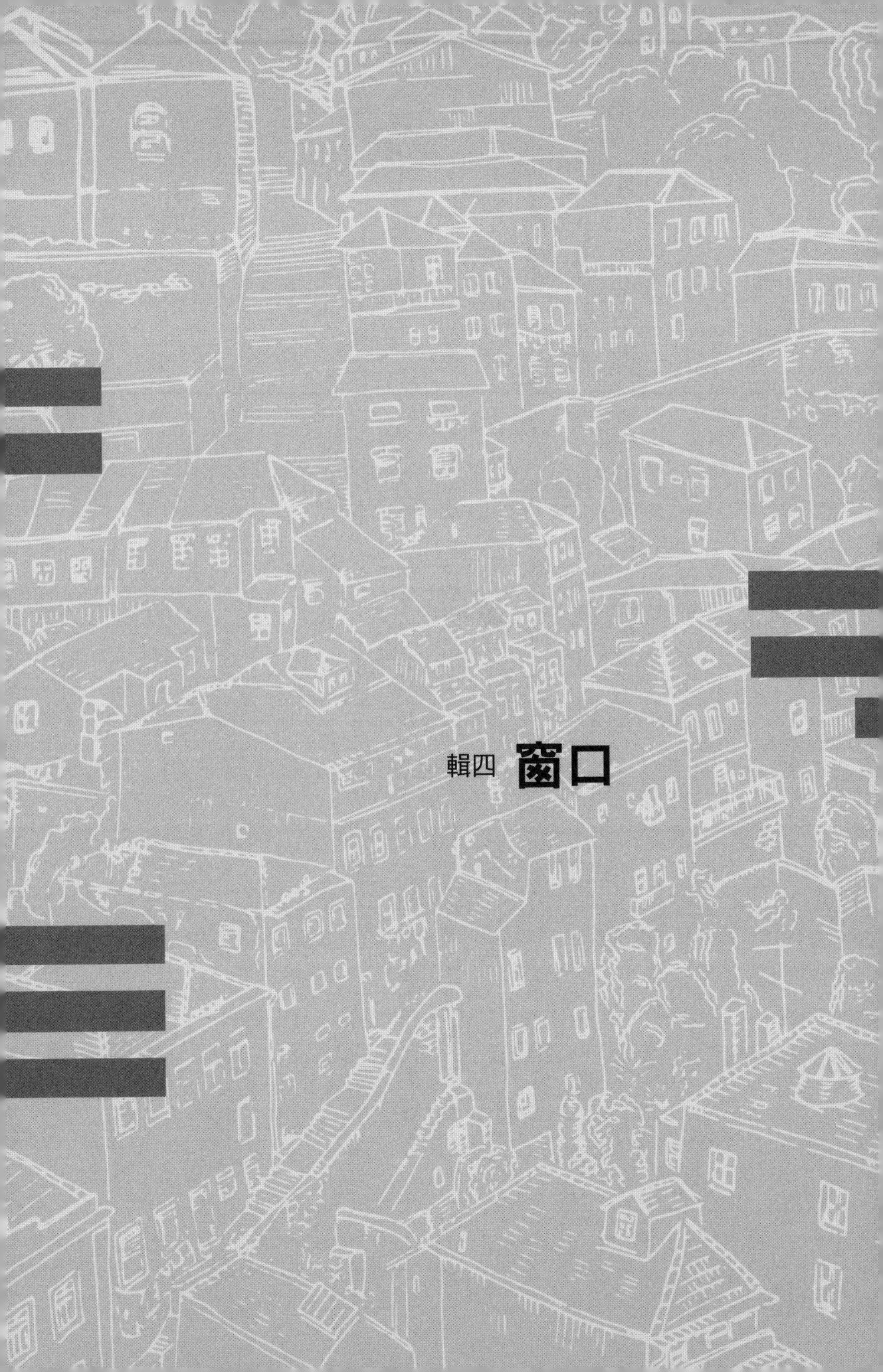

輯四 窗口

窗口

我能夠占據這樣一個窗口是幸運的，尤其是在這種進步熱鬧的亂世。窗子正對著一片果園。果園的主人或許是道家的信徒，「為無為，事無事」的結果，讓園子內的雜草野樹和正規的果樹一樣蓊鬱繁茂。他偶爾會出現在園子中，窸窣地收穫那些成熟的芒果、荔枝、楊桃和龍眼，或是用一根紮綁著鐮刀的長長竹竿，割取高高的檳榔的果實。果園的邊界種著一排美麗的檳榔樹，距離我二樓的窗口不過六、七公尺遠。經常，我可以聞到它們濃郁的花香，或者看見夕照將它們的身影投映在屋內的牆上。關於它們，我曾經寫了一首短詩，題為〈夏天的窗外有七棵樹〉：

第一棵是檳榔樹
第二棵，也是檳榔樹

第三棵，鳥雀嬉戲的檳榔樹
第四棵，憂鬱寧靜的檳榔樹
第五棵，夢想流浪的檳榔樹
第六棵，無所事事的檳榔樹
第七棵，喜歡凝望我的小窗的，檳榔樹

那一排檳榔樹當然不只七棵，不過，我坐在書桌這邊所見到的，大約就是這個數目。詩的前兩行顯然是向魯迅，以及我的母親，致意的。小時候，有一次母親向我提到魯迅有關棗樹的描寫：「……牆外有兩株樹，一株是棗樹，還有一株也是棗樹。」日後我讀魯迅的書，翻到〈秋夜〉一篇時，覺得既親切又驚訝。

我的房間狹窄簡陋，比起朋友們的書房或是臥室，的確沒有什麼值得炫耀驕傲的。然而，過去十幾年裡，我從來不曾嫌棄過它。相反地，我珍愛這個房間。原因之一，即在於這一扇小小的窗。這扇窗子一直毫不吝嗇地為我提供了寧靜和愉悅。在其中，我看見忙著休假的白雲、有腳的月光、行徑飄忽的螢火、不斷換裝的草葉，也聽到了蟬、鳥、蟋蟀、每日清晨來自禪寺的鐘聲……。我面對著這扇窗子讀書寫作，心情大都是平和自適的。陶淵明可以「心遠地自偏」，我做不到。我需要一扇這樣的窗口，將私人的世界引領安置在一個遙遠閑靜的地方。

❖

西方近代的畫家裡，我一直很喜歡馬諦斯（H. Matisse），因為他的畫似乎總是快樂的。後來我發現：馬諦斯的畫所以看來如此地快樂，無非是因為畫中的房間時常有著開啟的窗戶（也可以這麼說：馬諦斯的主題原來就是歡悅，因此，才會畫上那些打開的窗）。窗戶外面，也許有用藍色及紅色的陶器培植的盆栽，也許是尼斯附近的海，或者搖曳偎倚著一棵棕櫚之類的植物，不然就是童話似的房子與樹木……。馬諦斯一定已經知悉窗子的祕密了罷：有了窗子，才有可供注視與想像的風景，也才有寄託和希望。或許，這也是人生的祕密。

培根（F. Bacon）想必也了解這種道理，雖然他的示範是反面的。在培根的畫中，那些肢體扭曲、形貌模糊的人物，彷若囚犯，置身在盒子一般封閉的房間裡，陰森而沉悶。為了配合他們的嚴峻的刑罰，那些房間當然沒有窗子。

幾年前，好萊塢製作了一部喜劇電影，叫做《城市鄉巴佬》（City Slickers）。在影片裡，那名令人敬畏的老牛仔告訴城裡來的人：一生當中，真正重要的只有一件事。至於那是什麼事，則因人不同，必須自己去發現決定。一百多年前，波德萊爾已經說過類似的話：「必須永遠陶醉，一切皆寓於此。」陶醉於什麼呢？「隨你的便。」波德萊爾回答。總之，必須讓你自己陶醉於某件事，以免「時間的重量壓碎你的雙肩，令你向著地面傴僂……。」如果將老牛仔和波德萊爾的忠告賦與形象，所謂的「一件事」和「陶醉」，應該就是煩勞愁苦的生命之屋裡，那一扇打開的窗子罷。

旅行筆記

1

因為溫室效應的理由，這個深冬的夜晚一點也不寒冷。細細的雨絲從闇黑的天空掉落，潮濕的城市浮盪在氤氳中，反倒令人錯覺這是春天。我站在擁擠的候車室內，與眾多的陌生人一起，各自做著隱密的夢。這是主後一千九百九十三年的聖誕夜。

聚集在車站內的人愈來愈多了。臨時加派的班車繼續穿過插滿競選旗幟標語的市區，駛上七公里外的弧形匝道。高速公路此時想必已是一條詭譎的長河，不斷閃爍著電燈的波光。如魚貫串的汽車裡坐著男女老少，好人壞人，仙鬼神魔。城市各處的朝聖之旅從來未曾間歇：狂歡舞會、毒品買賣、性交易……。

我倚靠著車站的石柱，繼續等候。一個中年男人走近公用電話，投下幾枚硬幣。他的聲音瘖啞疲憊。藍色的話機似乎並未讓他獲得任何安慰。我看到他離去時，臉上確鑿的茫然和苦痛。

我覺得害怕。非常非常害怕。

2

D·H·勞倫斯曾經在詩中把月亮當成愛人。人類要當大自然的愛人，顯然汙穢猥瑣了些。在〈鳥鳴澗〉裡，王維小心翼翼地將人擺進桂花、山、月、鳥和澗水之間。那種小心翼翼，也像是愛情關係裡，條件較差的一方所會表現的。

譬如這些樹木罷。很早以前，我便相信它們要比人類更為高貴、清潔、美麗。如果樹木也有靈魂的話，它們死後進入天堂的數量，必定遠多於人類。創世之時，神先造了樹木與各樣的鳥獸蟲魚，其後才用塵土造人。我一直以為，這種造物的次序無非也反映了所造之物的優劣。後來，神果然後悔造了人類，但卻似乎從未後悔造樹。即使到了〈啟示錄〉裡的末日，依稀也還如此。第五位天使吹號之後，有蝗蟲飛臨地面，傷害那些額上沒有神的印記的人，但是牠們卻被吩咐：不可以傷害樹與草木。

樹木的樸素、沉默和堅毅，經常讓我流連徘徊。坐立在樹下，仰視諦聽著無數歡愉地顫動的葉片，在枝幹間移巡嬉鬧的光影，或是滑行在花瓣上的雨水，「此一不可理解的世界／其深沉疲憊的重量／即可減輕」。梭羅（H. D. Thoreau）在華爾騰湖旁的林中獨坐時，便會覺得自己像是「玉米在深夜裡茁長」。做一棵樹一定是快樂偉大的經驗，即使只是一株玉米。

3

進入山區的第五天。原本天真地以為可以暫時遠離「人類的文明」，此刻卻站在這一片陡峭的山壁上，翻看著一張撿來的報紙。無所不在的可怖的人的遺跡。

我不應該撿起那塊破舊的報紙。既然撿了，無論如何處置，也不應該讀它。可是一切都太遲了。我已經看完五、六十個字。那足夠了。那已經是一首詩的全部。

副刊的詩。有名的副刊。有名的詩人。很壞的詩。他至今寫了那麼多的詩，所有他寫的詩卻清楚地敘述著同一件事：他錯過了。

錯過了詩。我甚至懷疑，他可能根本從未發現過詩，而不只是從未表現過它。當然，他擁有自己的一套詩的理論——哪個詩人或讀者沒有呢？——但是，他所發現與表現的那種詩，並不能夠讓任何的生命獲益。它們只是不甚高明的心智的習慣性、機械性的產物。沒有開啟的能力，沒有廣闊的世界。

那些長長短短的詩行，一道高高低低的醒目的籬牆。要穿越它也許容易，或者困難，不過另外一邊始終沒有深刻美好的風景。至於那一道語字的圍籬——其實它和它那邊的風景是同一件事——則是錯誤陳腐的聲音釘綁而成。其他的就不必說了。

4

在車站的留言板上看到這樣的句子：「終於找到粉筆了。好高興。」

一整塊黑板上，就只剩下這兩句話。找到粉筆之後，為什麼不將想說的話寫下來呢？為何只記述著找尋粉筆的事，以及找到粉筆以後的心情？當他，或她，正在尋找粉筆時，心理的變化激烈嗎？要說的話，還是不說比較好罷？語言原來就是充滿歧異和匱缺的。找不到粉筆時，有一點著急？竟然找到了，又覺得多餘？然則就寫兩句話罷，卻又不是先前想說的了。

至於那句「好高興」，莫非是在尋找粉筆的過程中，豁然想通了某些事情——關於語言，或者其他的難題——才會那麼快樂的嗎？

令人迷惑的一則留言，大致超出了先前我對留言板的印象及期望。陌生人Z留給陌生人ㄅ的兩句話——由於未寫彼此的名字，極有可能會讓陌生人あ以為是陌生人Ω留的——使我一路上小題大作地想到了莊子、禪宗、德希達、拉崗……。除了粉筆，那個留言的人究竟還發現了什麼？或者根本什麼也不曾發現，那兩句話不過是某種暗號，甚至只是候車的旅客無聊的戲作？

5

我走進車站時，才發現自己來得早了，或者晚了。賣票的Berber（為什麼我會出現在這個僻遠的村鎮？他的眼睛顯然在問。）告訴我：未來的三個小時之內，不會有任何西行的班車駛近。簡陋狹窄的車站裡寂寥叢生。窗外，法國風味的農舍四周種著柑橘、輭木橡樹和橄欖樹。十幾隻綿羊午夢一般穿越下午兩點鐘的街道。彷彿不遠的山上，雷電開始出沒。天色忽然暗了下來，空氣中載浮著濕涼好聞的雨意。

我可以利用時間，到小小的村鎮去轉一圈。不過我覺得倦怠，不想移動與說話。此刻，只有我一個人坐在安靜的候車室裡。這樣很好。除了神魔等等，全世界沒有任何熟人知道我現在的位置。

多年前告別的另一個自己還在遠方持續地呼吸嗎？他現在是否快樂？分開以後，他都經歷了什麼事？遇見怎樣的人？到過哪些地方？當我坐在非洲北部某個村鎮的候車室裡，他也許正在冰雪封凍的極區，實行他年少時的計畫。他的路線與我的路線各行其是，相隔遙遠。僅有的交集大概是幾座轉機的城市，或是輪船的航道在海圖上毫無聲息地碰撞。如果繼續向著過去追蹤，我們兩人的路線竟然曾經如此地接近，終於會聚於一點。在那一點之前，兩根線條疊合為一。

那「決定性的一點」，我有時也無法確定是在何時何處。但它的確存在。它在那裡，像一片分隔「之前」和「之後」的不夠醒目的標示。當初經過它時，不覺得有什麼大不了的。然而，它在那裡，不可動搖地，無聲地宣告著：「此後，生命將不再一樣了。說永別吧。」

格子舖

嘉義

這裡距離雞肉飯和噴水池不遠。不過，外地來的人應該不會知道有這一條巷道。它的入口很小，兩邊是高樓，像現代的山壁露出一道罅隙。逛街的人走在騎樓下，不需要一秒鐘就可以忽略它。

前天傍晚，我初次穿越這條巷道。巷口的牆面浮動著綠苔，使我以為這又是另一個陰濕的城市角落。一個轉彎，豁然開朗。巷道的寬度加倍了，兩邊的房舍安靜清潔，雖然絕非豪宅，卻是各有特色，不亢不卑。幾戶人家還有小小的庭院，竹子、玫瑰、九重葛、馬櫻丹……在磚牆或欄杆內生機盎然，掩映著有燈的窗。

我極可能一直錯過這條巷道，無論我在嘉義住了多少年。就像許多其他的事，熟悉和陌生，這兩者的邊界究竟何在？

212

唸碩士班的最後半年，我搬進了學校宿舍。

那時的作息非常簡單規律。晨間，我去餐廳吃一頓中式早餐，隨即返回宿舍讀書。中午用餐後，開始和打字機一起工作。到了黃昏（尤其是在夏天）會有一場陣雨，不久放晴，我便又可以下樓。

每隔數日，工人們會在校園裡除草。我坐在宿舍窗前，聞到濃郁的草香，有時暫時擱置論文，轉而寫詩。當時，寫詩是多麼自然的事。字句似乎輕易地就能銷鎔憂慮。

我將打好字的最後一章論文裝在大型信封裡，交給指導教授。兩天之後，指導教授將改好的論文從門縫塞進了212室，我的房間。

那樣的日子單純而順利，彷彿有神支持，雖然當時並未如此想過。

藝品鑑定師

這應該是令人敬重的行業，如同法官。人們必須具備專門的知識，豐富的經驗，甚至高尚的人格，才有可能擔任此一工作。

然而，辨認真偽是多麼困難的事。偽造者若是足夠高明，必定可以騙過鑑定師。年代、歷程、材料、技術，這些都屬於過去，但都可以複製（何況這是二十一世紀）。絕對的相像是可疑的，所以，必須置入一些差異。精心安排的差異最能證明作者一貫的風格。

至於真正的作者，極可能因為靈感的刺激，一時的情緒，或是其他的理由，而創造了不太一樣的東西。鑑定師戴上眼鏡查考，終於決定那是偽作。

Gotta Serve Somebody

狄倫（B. Dylan）經常顯露叛逆之姿。他控訴制度、政府、人性，偶爾對神也有抱怨。不過，就像狄金蓀（E. Dickinson）或是其他一些人，狄倫仍然是虔誠的。

有時，像狄金蓀一樣，狄倫也會溫馴一些，以切慕或警示的方式表達虔敬。〈必要服侍某人〉就是這類的歌曲。狄倫說，一個人無論尊卑貧富，無論從事何種行業，總要服侍某人：

但你必要服侍某人，沒錯
你必要服侍某人
也許是魔鬼，也許是主
但你必要服侍某人

原來，我們必須服侍的，並非隨便的某一人，而是神或魔鬼。這是非此即彼的選擇，其間沒有模糊地帶。

這種武斷的口吻，其實也是聖經的態度。耶穌不也說過：「當那一夜，兩個人在一張床上，要取去一個，撇下一個。」

浮生

夢真是怪異的事。「方其夢也，不知其夢也。」無論夢中的人物情節多麼離奇荒誕，做夢的人卻總覺得無比真實。

相對地，每天穿越這個蠅營狗苟的世界，像一只瓶罐漂蕩在陌生且無邊的大海，昏沉無主，極不真切。頭頂上的鳥類可能更知道自己的方位，牠們從不錯過築巢和遷徙的時間。

結束了一天的荒誕離奇，終於可以回家，卻在電梯裡遇見一位長官。他問我是否方便載他一程，我說當然方便。他又問：「會不會給你添麻煩？」我說：「當然不會。」有權力的人總是多禮而又讓人無法拒絕。他在我的車上半個小時，我聽著他談論事業、家庭、娛樂，並且必須認真回應。彼時，我知道，我的夢還沒有醒。

23歲

那一年，我開始認真研讀一些艱深但有益的詩人，例如艾略特。也讀葉慈，雖然若千年後，我才真正知道他在說些什麼。以前唸過的華滋華斯又再進入我的生活，不過這一次是他的長詩，例如〈序曲〉（The Prelude）。我們有很好的英詩老師，雖然那時以為理所當然。

那一年，我在圖書館裡發現了韓波的英譯詩選。有一段時間，它是我的床頭書之一。我在那些奇異的字句裡重新認識世界，像一個小孩子，但也驚覺自己已經老了。韓波是在二十歲前寫出那些詩的。

有一次，颱風過後，我走到工廠旁邊，看到滿地被風吹落的樹葉，美麗無比。溽熱安靜的正午，太陽在積水中反光，工人們正在休息。我忽然了解：我所熱愛的符號終究無法呈顯事物。

靜默之日

每年，不，每月有一天，在台灣的人們不准開口說話，是為靜默之日。

這一天，上司不准斥責，下屬不准抱怨；父母不准咆哮，孩子不准頂嘴；男人不准誇耀，女人不准造謠；丈夫和妻子躺在床上，不准習慣性地彼此說謊；朋友或敵人相對而坐，不准輪流搭造話語的迷宮。最重要的是，令人敬畏的政客們不准亂呼口號，混淆是非。

也許，幸運地，人們會因為竟日不語，被迫走進自己的內心某處。他們將被那裡的荒涼詭譎所驚嚇，如同經過地獄的但丁。那是好的。他們可能因此擁有救贖的機會。

果盤

若干年前，我買了一個樹葉形狀的果盤，一直擺在茶几上。起初，它是空的，似乎預備著盛放某些水果。之後，一些物件像無聲息的塵埃，充填在它裡面：衣夾、筆、紐扣、指甲剪、名片、梳子、錢幣、迴紋針……現在，甚至我的識別證也擠了進去。

我有時坐在茶几旁，看著電視或是閱讀，視線偶爾會落在那個果盤上。它裡面的東西愈來愈多了，幾乎就要滿溢而出。有幾次，我望著它，然後為它感到難過。

我也曾經暗下決心，想要整理一下，讓它恢復果盤的功用，它受造的理由。不過，由於種種因素，終究沒有。

秋意

七月底的颱風一過，夏天顯然也萌生了去意。白晝仍然很長，陽光也依舊奢侈燦亮。然而，走在戶外，卻總能夠察覺到一些不同。熱氣不是如此難以抵擋了——它曾經稠密堅硬，使得果實無法降落——蟬聲也不再一味地憤慨絕望。到了黃昏，微涼的風吹過裸露的肌膚與地面的落葉，依稀情人的嘆息，更令人突然有些領悟。

將近二十年前，我曾經讀過里爾克的一些作品，其中當然包括幾首以秋為題的短詩。可是，一直要到今年夏天的末尾，那些句子才真正地擁有心跳和呼吸。那些文字的屍骸，終究在我的軀體內甦醒了。我攜帶著它們四處行走——在通往市郊的道路旁，在蚊蠅飛舞的果園中，或者是在溪河邊，當三名孩童收拾簡陋的釣竿，失望地騎上單車離去：

命令最後的果實染紅：

再多允准兩個南方似的日子，
催促它們完成；將最終的甘甜
誘入沉重的枝蔓……

現在孤單的人，將會久久如此：
坐至夜深，閱讀，寫長長的信
又回到公園的路徑不止地徘徊
當樹葉掉落如雨

即使是在夜深的室內，當燈光盡熄，鄰居的電視和音響似乎也已沉睡，這些字句卻仍然異常清醒，幾乎讓人可以辨認各自的稜角和質地：

樹葉正在掉落，像從遠處掉落
彷彿上方是凋萎的至遠的花園
它們掉落，以一種否定的姿態……

我們都在掉落，這隻手也在掉落——
一切都患了墜落之病，無能抵抗。

寫過秋天的詩人，當然不只里爾克一個。高中時代，我即曾在一本中英對照的詩選裡讀到濟慈的〈致秋天〉（To Autumn）。那種寧靜、豐饒、美麗的秋日情景，曾經令我著迷，並且深信不疑。人生的秋日必然也是如此的，我當時想。

可是，這幾年的秋天，我卻幾乎從未想到濟慈。除了里爾克，我偶爾也會記起歐陽修的〈秋聲賦〉，並且真正聽見那種淅瀝蕭颯、鏦鏦錚錚的聲音。我也能夠理解那名童子的茫然，以及他在文章中的對照和戲劇效果。

當然，還有宋詞。許多許多的宋詞：

金風細細，葉葉梧桐墜。綠酒初嘗人易醉，一枕小窗濃睡。　紫薇朱槿花殘，斜陽卻照闌干。雙燕欲歸時節，銀屏昨夜微寒。

長安古道馬遲遲，高柳亂蟬嘶。夕陽島外，秋風原上，目斷四天垂。　歸雲一去無蹤跡，何處是前期？狎興生疏，酒徒蕭索，不似去年時。
池上紅衣伴倚闌，棲鴉常帶夕陽還。殷雲度雨疏桐落，明月生涼寶扇閒。鄉夢窄，
水天寬，小窗愁黛淡秋山。吳鴻好為傳歸信，楊柳閶門屋數間。

讀詩的確需要時間，有時是很長很長的時間。
里爾克另有一首關於分別的短詩，它和秋天倒沒有直接的關係。在詩的首段，他如
此地描寫別離：

某種黑暗的，無敵的
殘酷的東西，藉著它，再一次顯現
曾經如此密切聯結的……

因此，在秋天來臨的時候，我想到了夏天。那確實曾經迎面走來，逗留，然後離去的夏
天。

奇蹟

此刻，蟬聲還在樹枝裡斷續著，葉片無聲地翻轉墜地。我的籃球穿越虛空，滾進了場外的花圃。我追隨它，想像自己是夸父（多麼怪異的想像）。正當暑假，花圃內的雜草滋生繁茂，不可遏抑。

籃球停止在一片灰白的碎石子上。當我彎腰，才發現那些不是石子，而是十多枚破損的貝殼，安靜地半埋於泥土中。

我回到球場時，一個男孩握著兩罐飲料走來。「請你喝。」他笑著說：「我們剛用販賣機買飲料，竟然連續中獎，真是奇蹟！」

他的熱情與單純感染了我。我接過其中一罐，並說謝謝。他扯下另一罐的拉環，又回到他的同伴那裡。

他們在球場那端繼續興奮地談論著。不久前，他們才考完聯考，正在期盼著各自的大學生活。

年輕的生命總是這樣充滿驚喜。除了今天的那一臺販賣機，我預料，還有許多奇蹟正在等待他們。

教室裡的野天鵝

這幾年，每到九月或十月，我大概都會在課堂裡上幾首葉慈的詩，其中當然包括〈庫園的野天鵝〉（The Wild Swans at Coole）。葉慈的這首名作，外文系的學生應該都已經在大三的英國文學史中讀過，正如我當年念書時一樣。不過，也像我當年一樣，多數的學生並不真正了解它在說些什麼。〈庫園的野天鵝〉一詩抒情而流暢，字面的意義並不難懂，難懂的部分屬於歲月的工作。葉慈是在一九一六年寫這首詩的，當時他已經年過半百，對於生命顯然有些領悟體會。大學四年級的學生不過二十歲出頭，他們的人生才剛開始，腳步和心都還這樣輕盈驕傲，如何能夠理解五十一歲的葉慈在面對那些野天鵝時的心情？

> 我長久注視那些燦爛的生命，

而此刻我心悲痛。
一切都變了，自從初次在這岸邊
我聽到，在微明中
牠們的翼翅似鐘敲，在頭頂，
我的腳步比現在輕。

仍無倦意，情人相伴，
牠們划泳在冷峭
而友善的流水，或向空中攀飛；
牠們的心未曾變老；
無論何處遊蕩，熱情或征服
依然和牠們為伍。

學生們讀到這兩節時，通常會提出一個疑問：為什麼時光流逝，詩人老去，「一切都變了」之後，那些野天鵝卻彷彿絲毫不受影響，始終生氣勃勃，充滿了「熱情或征服」

呢？多數的學生自然會想到，現在的這群野天鵝已經不是從前的那一群了；牠們是年輕的一代，因此才會看來毫無倦意，美麗如昔。更聰明敏銳的學生則會察覺：葉慈有意製造一種錯覺，讓人以為此時所見的那五十九隻天鵝，即是十九年前的同一批禽鳥。如果繼續追問學生：為什麼葉慈要安排這種曖昧呢？他們卻又說不清楚。

我有時會在黑板上抄寫一小段筆記，簡略地說明這首詩的主旨：「在這個世界上，個別的生命多所變化，是短暫而有限的；然而生命本身循環延續，卻是不斷且不變的」。這一小段說明，對於那些只想在考試時寫出制式答案的學生，或許是便利有用的。

我想，學生們也許從未讀過叔本華的書。即使讀過，對於叔本華的那一套「種族意志」和「個體意志」的理論，大概也不會太感興趣。日子正當青春的男女，滿腦子都是戀愛的夢幻憧憬，誰能相信令他們臉紅心跳和神魂顛倒的愛情，其真相與目的只是為了傳宗接代、繁衍種族而已？誰願意承認自己終究和別的生物——例如虎豹、蚊蠅、花草——沒有兩樣？如果把那些天鵝看做生命整體綿延不絕的象徵，而將詩人視為完成生殖任務之後，被「種族之靈」遺棄的衰朽個體，似乎也讓葉慈顯得太可憐滑稽了。因此，我通常會省略叔本華，假裝不知道他。

不過，為了解釋我所抄寫的那一小段筆記，我還是會找到幾個例子。最近兩三年，我彷彿發現了一個還算不錯的例子，既可以讓學生理解，也能順便調侃自己，使英詩課的氣氛輕快一些。我的例子是這樣的：

「每年，當樹木正值秋日之美，學校開學，老師開始教著新的幾班學生。年年如此。然後老師逐漸變老，每年坐在教室裡的學生卻一樣地年輕，充滿了『熱情或征服』。每年，舊生畢業離校，又有一群新的天鵝飛進教室。面對那些陌生的臉孔，老師偶爾也會心神恍惚，以為又見到了已經飛走的天鵝……。」

畢業

教了幾年書，我逐漸發現一個事實：學生終究是會畢業離校的。那些曾經教過的學生，有一天，突然捧著厚厚的紀念冊過來，讓你題字簽名，或者要求合照留念。你親切而盡責地詢問他們未來的計畫。有人已經開始寄出各種表格和自傳了，有人則等候著入營服役。不論如何，在他們格外輕柔的語調中，你都不難察覺到一些徬徨不安。

在學生的畢業紀念冊上留言，對我來說，始終有點困難。學生們大都聽說我寫一些東西，因此，我在面對紀念冊時的猶豫不決、遲遲無法下筆，常令他們相當困惑。我的確不知道應該寫些什麼才好。說些最普遍的祝福和鼓勵的話罷——諸如「平安如意」、「永遠健康快樂」、「不要迷失自己」、「保守赤子之心」之類——又好像是敷衍了事的謊言。如果日後他們真的能夠一生順遂、無難無憂，奇蹟般地應驗了我的留言，我也會覺得遺憾愧疚。不曾遭遇挫折、失落和苦痛的人生，不應該降臨在我的學生身上。

後來，我讀到一本齊克果（S. A. Kierkegaard）的書，其中有幾段話，似乎頗為適合寫在畢業紀念冊裡。但是它們太長了，如果我從頭至尾抄完，未免又顯得小題大作。齊克果是這樣說的：

任何東西都可能隨著年齡而增長，除了智慧和信仰。以心靈的觀點而言，人並不會因為年歲增加而獲得任何東西；相反地，他會因此而失去某些東西，例如原有的一點熱情、情感、想像力，以及內在性。

這些損失確實改善了他的處境……。如今，他在絕望中，以為損失就是改善。他向自己保證：絕望不會再度臨到他的身上……。不過，他仍然是絕望的。他的心靈處於絕望之中。難怪蘇格拉底會喜愛青年。他太了解人了。

如果一個人年歲增加，卻並未陷溺於卑瑣的俗事中，他就會知道：絕望的不只是年輕人而已；如果隨著年歲日趨成熟，自我意識有所開展，他可能會感到一種更高形式的絕望……。雖然身體成長，當了父親，甚至頭髮灰白，他卻依然保有年輕人的心態及特徵。因此，他同樣會掉進年輕人所陷入的絕望中，也即是對於俗世事物的絕望。

不過，如果想要出現懺痛，就必須先完全而徹底地絕望。然後，心靈生活才會從最底層突破萌生……。畢竟，他不敢讓事情這樣發展，於是滯留原地，浪費時光。或許有一天，他終於成功了……，他以遺忘治癒它。因此，他從未變成懺痛者。

這種絕望的人，無論年輕或年老，在本質上都一樣：他們始終沒有辦法變形，讓自我中的永恆意識破繭而出。永恆意識出現，才是這場戰爭的轉捩點。它若不是將絕望推向更高層次，便是轉向了信仰……。

學生們畢業離校，不僅他們自己感到茫然，當老師的——至少我是——也有一些擔心。校園裡的年輕人究竟還不那麼世故邪惡，有些學生甚至相當善良單純，幾乎會讓大人們暗自慚愧。一些學生在校時參加服務性的社團，上山下鄉，無非也是因為還擁有某種理想與堅持。這種堅持、理想、以及對於他人的溫柔，在進入龐大腐敗的社會之後，不知道可以持續多久？不少人剛出校門，便深刻地體認到權勢和金錢的偉大用途，並且迅速地嫻熟了所謂的生存法則。以前念過的詩，詩中的那些真與美，已然成為廢物和笑柄。

偶爾，我會收到畢業的學生寄來的卡片或信件。他們通常簡單地描述自己的近況，有些人則只問候老師，絕口不提自身的遭遇。我有時還能夠記得寫信學生的容貌與性情，有時則已毫無印象。無論如何，在閱讀他們的信件和卡片時，我總是有些震撼的。每次，我都彷彿在那些客氣平常的字句中，看到一個爭執的、不知所措的、或是正在呼救的人。

PUB及其變奏

1

半年前，巷口一樓的文具店突然結束營業，幾天之後，同樣的店址變成了一家PUB。半年來，那家PUB幾度在大門上貼著「整修內部擇吉開張」的紙條，其後每次也都真的能夠重新開幕。傍晚時分，我下班回家，總會經過巷口，也經常好奇地瞄瞄那家PUB的落地窗內的景象。它的內部似乎並未隨著每次的恢復營業而改變多少：燈光還是一樣幽暗多彩、一架不斷地播放著MTV的大型電視、五、六張桌子擺放在窄小的空間裡、高腳椅、吧檯、酒瓶酒杯，以及兩名面貌姣好的年輕女孩。

那兩個女孩顯然和其他的物品擺設一樣，無論有沒有客人光顧，她們總是在的。有時候真的一個客人也沒有，她們仍然必須站在吧檯後面，低著頭，若有其事地擦拭著一隻一隻的酒杯，不停地擦拭著那些酒杯。

一名看來不比她們大多少的男子，經常出現在ＰＵＢ裡面。他通常坐在吧檯邊的高腳椅上，沉默而無聊地抽著煙。兩個女孩對他的態度總是慎重拘謹的。我想，他大概是她們的老闆罷。

當然，有時還是會有客人上門的，雖然人數實在不多。那些客人老少皆有，幾乎全部是男性。他們大都坐在高腳椅上，手握杯子，隔著吧檯與那兩名年輕漂亮的女孩聊天。只要願意花錢，他們，或者任何人，就擁有這種權利。

後來我才發現：店裡那兩個負責調酒及招待客人的女孩，其實是經常換人的，雖然她們的外貌都一樣地漂亮年輕。

不久之後，那些女孩的穿著打扮越來越大膽成熟了，活動的範圍也不再局限於吧檯後面。現在她們經常和客人並肩坐在高腳椅上，或在桌邊划拳喝酒，積極的態度顯而易見。如此種種，想必都是受到老闆的指導或暗示罷。老闆的諸般策略只有一個目的，即是賺錢。他隨時可以解雇無法為他賺錢的女孩。

傍晚時分，我下班回家，每次疲憊地經過巷口，瞥見那家ＰＵＢ的落地窗內的人影，我便會覺得錢真有用。在這個野蠻冷酷的消費社會裡，錢才是一切表象之後的意志，四面八方無所逃遁。錢是阿拉法和俄梅戛。錢是朝野一致大官小販均無異議的神，可以盡心、盡性、盡意、盡力崇拜和愛。它是全能的主宰，恣意地揑塑敲打著塵土所造的亞當，以及肋骨所造的夏娃，直到他們極端變形，斷裂缺塊，卻還能夠飲食與呼吸。

它創造了奇蹟，第七天也不休息。

2

給你錢叫你 YES 你就 YES，叫你 NO 你就 NO。給你錢叫你粗暴你就粗暴，叫你溫柔你就溫柔。給你錢叫你舔你就舔，叫你吞你就吞。給你錢叫你表演特技你就表演特技，叫你彈奏樂器你就彈奏樂器。給你錢叫你上下你就上下，叫你左右你就左右。給你錢叫你戀慕你就戀慕，叫你管轄你就管轄。給你錢叫你爬行你就爬行，叫你吃土你就吃土。給你錢叫你男人你就男人，叫你女人你就女人。給你錢叫你走獸你就走獸，叫你游魚你就游魚。給你錢叫你白晝你就白晝，叫你黑夜你就黑夜。

生有錢，死有錢。栽種有錢，拔出所栽種的也有錢。殺戮有錢，醫治有錢。拆毀有錢，建造有錢。哭有錢，笑有錢。哀慟有錢，跳舞有錢。拋擲石頭有錢，堆聚石頭有錢。懷抱有錢，不懷抱有錢。尋找有錢，失落有錢。保守有錢，捨棄有錢。撕裂有錢，縫補有錢。靜默有錢，言語有錢。愛有錢，恨有錢。戰爭有錢，和平有錢。

麥迪遜之橋與葉慈

在電影《麥迪遜之橋》（The Bridges of Madison County）裡，男女主角之間的對話方式也包括了援引葉慈的詩句。當《國家地理雜誌》的攝影記者若柏（C. Eastwood 飾）和愛荷華州的鄉下主婦弗藍絲卡（M. Streep 飾）初識不久，兩人共進晚餐之後，在屋外散步時，若柏即曾脫口念道：

月亮的銀色蘋果
太陽的金色蘋果

弗藍絲卡聽到這兩句詩，立刻便能指認它們是出自葉慈的〈流浪的安格斯之歌〉（The Song of Wandering Aengus）。若柏離去以後，弗藍絲卡期望隔天仍能和他相見，於是寫了一張字條，在夜裡駕車抵達羅斯曼橋，將它釘在若柏即將前來攝影的橋上。那張字條是這樣寫的：

> 當白蛾撲翅時，你若還想用晚餐，可在今晚收工後過來。任何時候皆可。

「當白蛾撲翅時」一句也是出自〈流浪的安格斯之歌〉。換個方式來說，這句話即是「趁著還是夜晚」之意，其中無疑傳遞著鼓勵的訊息。

〈流浪的安格斯之歌〉收錄在葉慈一八九九年出版的詩集《葦中之風》（The Wind Among the Reeds）裡，首節敘述一名男子走進榛樹林中，他先削了一根木杖，又縛上一枚漿果做餌，將它擲入河流垂釣，不久捕獲了一尾鱒魚：

> 我外出到榛樹林地
> 因為腦中有一團火
> 且砍削一根榛木杖子
> 又用線鉤住一枚漿果

而當白蛾撲翅時
蛾般的星光飛出飄搖
我把漿果拋進河裡
捕獲了一尾銀鱒小小

在詩的第二節裡，這名男子將這尾鱒魚放在地上，鱒魚卻忽然發生了奇異的變化，牠變成了一名少女：

但地上某物細碎作響
有人呼喚我的名字
牠變成閃爍微光的少女
蘋果花在她的髮間
她呼喚我的名字，且奔跑
穿越漸亮的空氣消逝不見

這名少女原來是仙山子民（The Sidhe），即傳說中古愛爾蘭的神祇，葉慈曾謂他們與風大有關係，是乘著旋風旅行的族群。她以魚的形態出現，則有性的象徵意味。然而，那名少女僅只逗留了一會兒，隨即消逝在破曉的天色裡。在詩的第三節，那名男子立意要找到她，即使年歲漸老，也不改其志：

雖然我年老了，因為流浪
穿過凹地與山丘
我將發現她的去處
吻她的唇，且握住她的手
在長而斑斕的草地行走……

在電影中，有一幕是弗藍絲卡獨自坐在夜晚的門廊上看書，然後她起身，敞開寬鬆的衣袍，讓夜風吹拂著身體。當她抱著書離開門廊時，鏡頭清楚地讓我們瞥見了那本厚書的封面，那是葉慈的詩集。終其一生，葉慈創作了相當多的作品。不過，《麥迪遜之橋》的原著作者所以提到葉慈，似乎只是因為一首〈流浪的安格斯之歌〉。

其實，若柏和弗藍絲卡相遇時，兩人的年紀分別是五十二歲和四十五歲，對於年華老去的覺悟無奈，企盼抓住熱烈生命的絕望心情，這些與葉慈詩作中的某些主題頗能發生聯想，或可善加利用。如能引用一兩首這樣的詩，也許可讓故事更形立體，也較深刻。《麥迪遜之橋》以葉慈的〈流浪的安格斯之歌〉烘襯點染，從某個角度來說，倒還算是適當的。依據華勒（R. J. Waller）的小說原著，弗藍絲卡原本擁有比較文學學位，大學畢業後，她也曾和一位藝術教授談過戀愛。這樣的一名女子或許無法滿足於極其單調平凡的農村主婦的生活。她的丈夫和子女都還不錯，家庭生活堪稱平靜祥和，然而她心中的夢想與渴望卻始終未曾寂滅。葉慈在〈流浪的安格斯之歌〉中所表達的那種追尋和堅持，與弗藍絲卡的性格及其對於周遭環境的不滿，多少能夠相互呼應。

事實上，《葦中之風》裡，葉慈經常表達理想世界和時間世界之間的衝突對立，不僅限於〈流浪的安格斯之歌〉一首而已。理想的愛與美無法輕易在現實中尋獲持有，至於妥協或放棄，則又心有未甘，於是磨難就開始了。《葦中之風》裡收錄的另一首詩〈情人敘述心中的玫瑰〉（The Lover Tells of the Rose in His Heart），便清楚地表達了這種主題。詩的開始，葉慈提到時間領域中的諸種缺憾，那些「醜陋的和破碎的，耗盡的和老舊的」事物，「路旁孩子的哭喊」、「運貨馬車的輾軋聲」、「農夫沉重的步伐」等等，這些現實的景物不斷地侵襲著夢中情人的意象，它們「正在破壞你的影像」，而「你的影像在我心深處開著一朵玫瑰花」。

《葦中之風》雖然是葉慈早期的詩集，在名氣上，或許比不上後來的《庫園的野天鵝》（The Wild Swans at Coole）、《麥可洛巴斯和舞者》（Michael Robartes and the Dancers）、《塔》（The Tower）、《迴旋梯及其他》（The Winding Stair and Other Poems）等，然而在《葦中之風》裡，仍能發現不少詩作頗具匠心。即以《麥迪遜之橋》引用的〈流浪的安格斯之歌〉為例，在第一節裡，那名男子進入樹林的理由是「因為腦中有一團火」，在第二節中，這團內在的火具體化了，外現為一名「閃爍微光的少女」。無論腦中的火象徵的是夢、想像或慾望，它都在鱒魚變成的女子身上實現了。然而，這名少女卻又必須隱逝在逐漸明亮的天色中，即是現實之光中。到了詩的末節，那名男子想像著他終於找到那名女子的時候，他們將一起採摘「月亮的銀色蘋果／太陽的金色蘋果」。至此追尋的旅程結束，夢和想像終究能夠變成如日月般真實而長久。僅以光的意象而言，葉慈從火開始，歷經少女身上散發的微光，再到破曉的天光，最後則是太陽和月亮的光，可謂一以貫之。

雖然〈流浪的安格斯之歌〉只是一首二十四行的短詩，表面上，它也淺顯易懂，情節甚至顯得有些俗濫，然而仔細觀之，卻能發現它的結構嚴謹，語言精緻。《葦中之風》出版於十九世紀的最後一年，從其中收錄的作品來看，葉慈早期的詩風已然接近成熟，也依稀為下一個世紀的事業做好準備了。

虛構之日

不久以前，台灣上演了一部名為《時空悍將》（Virtuosity）的科幻電影，在內容或表現手法上，都還堪稱有趣。一般來說，科幻電影——一如科幻小說——經常會在匪夷所思的虛構情節中，附帶某些道德教訓或是社會批判。例如在《侏羅紀公園》（Jurassic Park）裡，人類妄圖取代造物者的角色，重製早已經滅絕的史前生物，此種無知和野心即遭受質疑。《無底洞》（The Abyss）的結尾批評了人類好戰與自尋毀滅的本性，雖然效果顯得有些突兀和濫情。而更早的《銀翼殺手》（Blade Runner）則是在歌頌生命的美好，即使那只是一群電子生化人的生命。同樣地，《時空悍將》也有其諷喻指涉。不過，不同於前幾部片子，它所探討的主題或許更時髦些。

《時空悍將》的故事結構其實相當簡單：在未來的世界裡（電影設定的時間是一九九九年的洛杉磯市），警方為了訓練所屬人員打擊犯罪的能力，利用先進的科技，讓幹員進入電腦的虛擬實境中，與各種類型的罪犯展開鬥法。在這些被程式設計出來的罪犯中，最狡詐凶狠的莫過於席德6.7（R. Crowe飾），他是兩百個真實罪犯的綜合體。有一天，席德串通了某個科技人員，從虛構的世界來到了真實的世界。而在警方人員裡，唯有派克（D. Washington飾）能夠與之對抗……。

當然，這種情節目前仍然只是「純屬虛構」，不太可能在現實世界中發生；但是，它似乎也不是那麼遙遠陌生。虛擬實境已經是電腦玩家耳熟能詳的名詞，電動玩具更是許多人曾經接觸的遊戲。事實上，電影一開始時，派克及其夥伴搜捕席德的那場戲，即令人想起某些電子遊戲的畫面。在離奇詭異的追逐槍戰過程中，觀眾也陷入了如真似幻的疑慮。在《時空悍將》裡，這種真實和虛擬相互滲透的情形經常可見，顯然是有意的安排。

席德進入真實世界之後，這種虛實混淆的畫面依然持續著。當席德出現在那家舞廳裡時，牆上的大型螢幕不斷地轉播著現場男女熱舞的影像。真實的世界以螢幕上的虛幻光影重現，而席德這個虛構的人物最後卻控制了真實的人們。其中的象徵意義頗堪玩味。

布希亞（J. Baudrillard）曾謂，在充斥著高科技和消費掛帥的後現代社會裡，各種媒體大量地製作和傳布影像，已經使得真實消失，取而代之的是缺少深度的「模擬真實」，也即是布希亞所說的「超真實」（hyperreality）。在這種影像構築的文化中，虛擬的事物收編原有的真實，顛覆真實，讓人真假難辨。到了最後，真實只能夠由媒體定義，媒體決定了一切。例如波灣戰爭，人們透過各種媒體的報導，以為戰爭的情況就是如此。布希亞卻認為那是不真實的，它只是「一場沒有戰爭徵狀的戰爭」，一幅媒體景觀。

《時空悍將》所要批判的現象，或許即是此種科技發展所帶來的負面效應。這部電影的導演李歐納（B. Leonard）也曾表示：「我們希望能夠反映人們在科技時代中顯露的善良及邪惡的一面。在這部片子裡，我們可以看到科技如何影響人們的生活」。《時空悍將》中出現的某些場景——例如摔角競技，或是收視率調查等等——似乎都有意突顯媒體的粗製濫造和商業取向。席德每次做案時，均喜歡挑選人多且有電視轉播的地點，無疑也是極大的諷刺。

布希亞對於媒體的悲觀看法，當然不見得全然正確。即使是電視，也有其正面的報導和教化功能，不能一概否定。不過，他也提出了一些值得深思的問題。當人們習慣了媒體世界的邏輯和價值觀，當電腦之類的科技產品大量普及，且其功能日益精進，虛構和真實之間的界限是有可能越來越幽微模糊的。席德是人類智慧的結晶，如何讓他為人類服務，而非製造真實世界的混亂和災難，或許需要另一種更高的智慧。

人是神魔的戰場

某年，紐約市爆發了一場怪異的傳染病，奪走了許多孩童的生命。此種致命的疾病藉著蟑螂傳播。傑出的科學家蘇珊・泰勒博士（M. Sorvino 飾）於是重組不同物種的染色體，創造出一種名叫「猶大」的新物種，將牠們混入蟑螂中，成功地消滅了帶原者。這種新物種的新陳代謝作用極快，照理說，牠們老化和死亡的過程也應該相當迅速。在實驗室裡，也證實了牠們無法存活太久。然而生命總能自尋出路。在外面的世界，牠們不僅茁壯、繁衍，並且不斷地演變，後來甚至發展出了自衛本領，亦即生物的「擬態」技巧。牠們以市區陰暗的地下空間做為巢穴，夜晚則模擬人形四處出沒，獵殺人類當做食物。

類似《秘密客》（Mimic）這樣的科幻電影，很有可能又被套上「人類企圖干涉大自然的運作法則，終於咎由自取」的解讀模式。當然，這樣的主題解讀並非全然謬誤。

在較早的《侏羅紀公園》裡，人類試圖重製早已滅絕的史前生物，最後卻引發一場災難，已經清楚地表達過這種主題。不過，《秘密客》的主要訊息可能並不在此。

在《秘密客》裡，科學家創造新的物種，毀滅舊的物種，無非是為了阻止疾病的流行，拯救無數孩童的生命，其動機是善良高貴的。日後那些新的物種反撲，只是一種不可預料的結果。若把這種結果當做藉口，而譴責科學家當初的善意和救人行為，這或許是不公平的。

在我看來，《秘密客》的主題其實牽涉了相當古老的善惡對立的問題。電影一開始，那些垂死孩童的畫面，即表明了這是一個充斥著疾病和邪惡的世界。新的物種被命名為「猶大」，令人想起背叛耶穌的門徒。模擬人形的怪物第一次出現在電影中時，其獵殺吞噬的對象竟然是一位牧師。教堂封閉之後，怪物祕密地占據其中。後來，擦鞋匠的兒子進入教堂，鏡頭讓我們看到了傾倒的聖像和斷落的基督的頭……。如此等等，顯然都蘊涵著神魔相爭的象徵意義。

神魔爭鬥的主要戰場，是人。正如米爾頓在《失樂園》（Paradise Lost）中的描述：撒旦及其黨羽在奪權失敗之後，被神打落至地獄之中。群魔聚集開會，有人主張立即再決一死戰，有人則不贊同。最後，撒旦決定試探「另一個世界」，那裡有一種「叫做人類的新品種」。人類是神的兒女，因此，只要能夠奪取或者擊垮人類，便等於戰勝了神。「這將勝過一般的復仇。」米爾頓的魔鬼說。

後來，撒旦成功地誘惑了亞當和夏娃，人類也因此被神逐出了伊甸園。從亞當和夏娃開始，人類似乎便一直是善惡的戰場。大約兩千年前，人子出現在時間的世界中，祂的所言所行，無非也是為了召喚和爭取人類。

在《秘密客》中，變種的怪物遠比人類更為強悍和兇猛。牠們能夠偽裝人類的基本外形，藉此捕殺人類，也可見其狡猾陰險。這樣可怕的敵人，只憑靠人類自身的力量是不足以應付的，正如伊甸園裡的亞當和夏娃無法對抗撒旦一樣。借用《聖經》的話來說，人類所爭戰的對象是不屬血氣的。人類的始祖不聽神的忠告，因此才讓魔鬼有機可乘。換言之，若想戰勝魔鬼，就勢必要與神合作，站在神的那一邊。

在電影《秘密客》裡，人類最後能夠擊敗消滅眾多的怪物，或許也可以從這個角度觀察詮釋。當科學家夫婦、地鐵警官、擦鞋匠父子五人被困在紐約市的地底世界時，他們卻能夠相互關心扶持，自我犧牲的行為尤其令人動容。願為他人捨命，這已經是基督的精神了。也即是倚靠著這種精神，使得這一場善惡的戰爭情勢逆轉。

末了，那些怪物全數毀滅於一場瓦斯引爆的大火中，似乎也有深意。至少，那一場大火讓我又再想起米爾頓的《失樂園》，那些飄浮在火湖之上的魔鬼。此外，當然還有《新約》裡的諸多章節，那些關於世界末日的預言。

直到世界末日

一九九一年，《直到世界末日》（Until the End of the World）發行，片中描述的卻是一九九九年的景象。根據這部電影，一九九九年的世界充斥著高科技，一枚印度的核子衛星失控，即將墜落，人類惴慄不安。片中的幾個人物交織穿梭，足跡遍布，最後抵達澳洲的荒原，在地下進行著另一項高科技實驗。

後來，核子衛星被美國政府摧毀，核爆電磁脈衝影響地球，世界幾乎回到原始狀態。此時，一位名叫尤金的小說家取出打字機，開始書寫。

《直到世界末日》的情節有些繁雜瑣碎，起初令人不明所以。不過，到了這一幕——作家在澳洲的荒野打字——一切似乎找到了中心。詩——狹義的文類，或是廣義的藝術——發生的情況無非如此：進入內心的世界，找到真實的聲音。這種工作並不需要太多高超炫目的科技。

聖經和詩

對於中文讀者而言，《聖經》似乎總是有些隔閡。除了教徒以外，會翻閱那一本厚厚的經書的人，彷彿並不太多。也許亞當和夏娃和蛇、諾亞的方舟、摩西十誡、三智者朝聖、基督降生和受難等等的故事，對於一般人來說，並非全然陌生。不過，我想多數的人並未真正仔細讀過《聖經》裡的章節。對於文學作者和讀者而言，這是相當可惜的。其實《聖經》可以教導我們許多的事，即使我們暫且擱置它的傳教標的，純粹把它當成一部文學作品來看。

但丁於遲暮之年，曾經在一封寫給康格蘭（Can Grande della Scala）的信中提到，他的《神曲》並非只有一種意義；事實上，它是「複義」的：

> 也即是說，具有好幾種意義……。第一種是字面的意義。第二種是寓言的意義或神

祕的意義……。

但丁並以〈詩篇〉第一一四首為例，說明《聖經》經文所能具備的不同層面的意義：

「以色列出了埃及，雅各家離開說異言之民，那時猶大為主的聖所，以色列為他所治理的國度。」如果我們僅看字面，我們得到的是以色列子民在摩西時代出了埃及；以寓言觀之，則預示我們將因基督而得救；取其道德意義，表示靈魂從罪的憂傷和悲慘轉歸於神恩；而其神祕意義，則是潔淨的靈魂脫離今生腐敗的束縛，進入永恆榮耀的自由。

但丁寫作和解釋《神曲》的方式，顯然是運用了中世紀的《聖經》注釋的傳統，在原文的字面意義之外，又加上了「寓言的」、「道德的」與「神祕的」意義。換句話說，一段相同的文字，卻可能有四種不同層次的解釋。對於一般讀者來說，要正確地細分這四種意義，或許並不是那麼容易。但丁曾將「寓言的」、「道德的」、「神祕的」三種意義，又統稱為「寓言的」（allegorical）意義，使其有別於「字面的」（literal）意義。如果我們嘗試以這種較為簡單的二分法解析一段熟悉的經文，或許會更清楚一些。以下是〈路加福音〉中的一段：

耶穌將近耶利哥的時候，有一個瞎子坐在路旁討飯。聽見許多人經過，就問是什麼事。他們告訴他，是拿撒勒人耶穌經過。他就呼叫說，大衛的子孫耶穌啊，可憐我罷。在前頭走的人就責備他，不許他作聲。他卻越發喊叫說，大衛的子孫，可憐我罷。耶穌站住，吩咐把他領過來。到了眼前，就問他說，你要我為你做什麼？他說，主啊，我要能看見。耶穌說，你可以看見，你的信救了你。瞎子立刻看見了，就跟隨耶穌……。

這一段經文的字面意義非常容易理解：「耶穌遇見一名瞎子，這名瞎子要求耶穌治好他的眼睛，耶穌於是行了一個神蹟。」至於它的「寓言的」意義，或許可以下面的話概述：「人們在了解神的道之前，都生活在黑暗之中，一如瞎子。唯有認識和相信神，才能使我們脫離黑暗，看見光。」

諸如此類的例子，在《聖經》裡俯拾皆是。現代詩的讀者和作者，經常會在詩的字面意義之外，另外尋找詩的言外之意。其實，這種言外之意與但丁所謂的「寓言的」意義並無根本的不同，只是後者牽涉宗教，分工更細。從許多方面來說，《聖經》都是很好的文學作品，不少出色的作家都曾經在其中尋獲創作的啟示。對於有心探索詩藝的人而言，《聖經》或許是值得經常翻閱的一本書吧。

輯五 紅蟳

火車上

移動讓我思緒流暢。這個敘述不知道是真或偽。也許真是如此，也許只是我的想像。也許移動的時候，某些腦細胞也較為活躍。也許所謂的靈感只是體內某種物質，可以藉由感官刺激增加分泌？骨骼與肌肉的振動、眼球觸及的顏色光影、鼻腔吸收的氣味、皮膚測知的溫差……這些，也許就是靈感的根源？

確實，過去幾年裡，我最常寫作的地方是火車車廂。由於需要通車工作，往返於嘉義和某個鄉鎮之間，我必須搭乘慢車。所謂的慢車，以前叫做平快，現在則是區間列車。無論名稱和車種為何，它們的共通點是：每一個小站都停。

起初，乘坐這種火車令我瘋狂。平均每隔五分鐘吧，火車就要停下。有時為了其他誤點的快車，慢車還得敬謹恭候，禮讓先行。火車階級分明，乘坐火車的人也是。不少慢車的乘客是鄉下人，因為只有慢車會停靠在他們居住的城鎮。學生和上班族也是慢車的顧客，他們每天必須乘坐這種火車，基本上也都不算貴族。此外，還有一些無所事事的人，例如老年人和觀光客，偶爾也有精神異常者。

後來，我逐漸發現搭乘慢車的好處，甚至意義。坐在火車上的時候，無法逃遁，無力改變，我被迫注視與思索以前忽略的種種。每天兩個小時，每周四至五天，每學年至少三十六周，我像禁閉室裡的士兵，感官突然變得敏銳。我看到椅背上的塗鴉、金屬扶手上的油漆、某一片田野的形狀、某個住家窗簾的花色；我聽見車門開關之時，鳥聲、風聲和人聲的激烈變化……我似乎經歷著疊沓的晨昏、風景、人事，其實都在不斷移動。

在移動的車廂中，某些觀察和想法最後變成了文字。文字不會再移動了，但這個說法是否可靠呢？移動的世界和靜止的文字，二者又有什麼關聯？真的，那已經超出我的理解。

通車

I

但是記憶可以信賴嗎？當我試圖喚醒過去的幽靈，描述、分析、歸納。在夢境般的思路上踽踽獨行，以便找到一個高度，可以看見某種計畫……這一切是否都是徒然呢？

那時，我剛開始工作，在臺南縣的一所工專擔任講師。每天，我必須搭乘火車上下班。當時還沒有所謂的通勤列車，我只能坐平快。在那之前，我當然是坐過火車的，對於每站必停的老舊的平快車也不陌生。不過，工作和旅行畢竟不同。通車者的火車經驗可能永遠無法與非通車者共享。

不僅火車經驗，所有的經驗——如果足夠飽滿深刻——大約都是這樣吧？無法共享，不論如何用字遣詞。

火車停靠每一個大站小站。若是車廂空蕩，我會選擇靠窗的座位，並將車窗拉起一半。火車加速，風吹進來，在車廂內奔跑迴旋。風中也有潮濕或乾燥的塵土，以及鬱鬱閃爍的金屬細末。

由於種種理由，平快車極為嘈雜，像是開工的廠房，而我則是剛到的學徒，努力適應著機器與同事。

II

退伍之後，我第一個工作是在中部，然而並不順利。一位同事與我同時離開那所學校。他去了臺北，我到了臺南。坐在北上南下的火車裡，我偶爾會想到他，猜想著北部是否優於中部？或者，那裡也有 academic politics 守候著他，如一伺機而動的猛獸洪水？

關於那位老外，我曾聽過一些傳言。然而，傳言又是什麼呢？語言總是摻雜著權力鬥爭，並無全然現呈的真實。是誰說過類似的話？我翻開書，發現其實自己早已讀過這些句子：「在政治、藝術及科學領域，藉由話語，可以獲取權力。話語是我們加諸事物的暴力……」

在火車上，我重讀了一些以前覺得困難的書，竟然都能有所領悟。這是奇異的經歷。或許因為身陷火車之內，一時無處可去，於是定下心來；或許因為窗上流動變化的風景有助於思考；或許我在其他乘客的眼中看見另一個世界；或許時候到了……我不知道。

除了法國的那些理論家，我也重讀了一些古書。我把喜歡的字句抄錄在記事本中，例如「葉菸邑而無色兮，枝煩挐而交橫」、「弱喪困風波，流浪逐物遷」、「丞相府歸晉國，太行山礙並州。鵬背負天龜曳尾，雲泥不可得同遊」。又如：

> 彼遊於物之內，而不遊於物之外。物非有大小也，自其內而觀之，未有不高且大者也。彼挾其高大以臨我，則我常眩亂反覆，如隙中之觀鬥，又烏知勝負之所在？是以美惡橫生，而憂樂出焉……

記事本裡也抄錄有報紙的標題：「奇妙的鱗翅目昆蟲」、「四人同齡又同姓　半月內相繼亡」、「木肌精細　抗蟲耐磨　收縮膨脹率小」、「中秋變臉機會不大　好股可續抱」……

在嘉義和新市之間，火車並不需要經過任何隧道。每個工作天，我卻感覺自己總要穿越幾個山洞。長短不一的黑暗，之後突然大亮。那必然是我的錯覺，晨昏及日夜的更迭。

還有其他的錯覺。

傍晚，北上的那一班平快照例在南靖暫停，等候會車。它至少需要等待十八分鐘，所以索性熄火。夜色紛紛落下，刻意敲叩著空洞冗長的車廂，發出海浪的聲響。它一動也不動，甚至沒有心跳，彷彿死了，抑或被人遺忘。列車長似乎也已離去，進入燈光昏沉的小站，或是躲在某處喘息。

我也在座位上喘息。好幾次，我以為自己再也無法離開那裡——顯然，那已經是另一個時空——安然返家。我想像，所有仍然留在車廂裡的人都聽見了，也都在喘息、戰慄，因此我不孤單。然而那只是想像。在那一種現實裡，想像的力量薄弱。夜色深沉，猶如大雨，其實我看不到其他的通車者。

其他的通車者呢？生命中的這種時刻——虛無及瘋狂傾巢而出的時刻——他們如何應對？他們如何凝聚信念？那種信念又是否足夠強大，可以對抗、支撐？

III

若干時日之後，我陸續將通車的經驗變成文字，寫入散文和詩。那些字句彷若早已存活多年，在骨骼與血液間定居，甚至豢養禽畜。我的工作只是不要妨礙它們，讓它們隨意現形。它們現形了，有時樣貌令我疑惑，不知道應該怎麼辦。我設法修改，可是它們通常極為堅持，拒絕妥協。我想，它們也許是對的。

此刻回想，我可能過著另一種生活，火車可能只是旅行的工具，那些通車者只是另一批陌生人。站在月臺上，我可能只是大驚小怪的觀光客，胡亂拍照。我很可能寫出另一種詩，另一種散文，字句散發著另一種氣味、顏色。終其一生，身體與思想不會涉足某些領地……

我會希望自己是那樣的嗎？那樣的我會更好或者更壞？遺憾或者欣悅將會更多或更少？我不知道。

不智慧手機

為什麼smartphone的翻譯是「智慧手機」？我查看手邊的字典，smart的解釋是「聰明的、漂亮的、時髦的、整潔的、俐落的、劇烈的」等等，但是沒有「智慧的」。在同一本字典裡，wise則被譯為「有智慧的、明智的」。smart變成智慧，或許只是誤譯，或許不只如此。當初，手機公司的高層開會，也許一位或是數位精明幹練的成員如此主張：「『智慧』比『聰明』更有內涵、深度、說服力，更能刺激消費者購買與使用的欲望。」錯誤的事就這樣成了。

加裝種種應用程式的上網手機，說它聰明，也許吧；但它現在卻和智慧掛勾，彷彿使用這種手機的男女老少就是明智的。這讓我想到賈伯斯。賈伯斯曾經宣稱：「我願意用我所有的科技，換取和蘇格拉底相處一個下午。」當然，賈伯斯對於現代科技貢獻良多；不過，我有點好奇，他和蘇格拉底一個下午要談些什麼呢？蘇格拉底會有興趣嗎？

在我看來，賈伯斯希望和蘇格拉底掛勾，若非因為自大，就是心虛。

生活中，不智慧手機——我一直想這樣稱呼它——顯然已經獲勝，至少目前為止。戶內戶外，白天黑夜，都可以看到捧著不智慧手機的人，站著坐著，點著撥著。吃飯前，先用不智慧手機為食物拍照，再用不智慧手機PO到臉書；吃飯時，用不智慧手機查看有幾個人已經用各自的不智慧手機按讚和分享。公路上，機車急停，戴著安全帽的騎士從口袋裡掏出不智慧手機，眼睛緊盯著窄仄的螢幕，像被掐住脖子就快斷氣的弱者，任憑車水馬龍，市聲如虎。

行人當然沒有比較好。不久前，新聞播出某位網友上傳的一段影片——台灣現在的電視新聞經常如此——影片裡，一名少女走在斑馬線上，正在過街。她低頭專心瞧著手中的不智慧手機，然後撞向一輛靜止不動的汽車。

使用不智慧手機可以光明正大、理所當然；但是，不智慧手機所接收的內容，以及所傳出的內容，卻可能是幽暗的、不可告人的。使用不智慧手機的人，身體之內因此多藏了若干祕密。藉由窺探、匿名與偽裝，人可以變成什麼樣子，只有自己知道（或者，自己也不清楚）。承擔那些多出的祕密是智慧的嗎？簡單一點會不會比較快樂？

學院派們是否已經開始研究不智慧手機的影響呢？它和人格、行為、社會、國家、世界、地球的關係為何？如果這塊領域尚待開發，無所謂，很快就會絡繹於途了。以下是我為有志之士草擬的幾個題目：

〈網路成癮的精神分析學〉

〈不智慧手機世代的學前教育改革芻議〉

〈文字、圖片、影像：從索緒爾到 iPhone 6〉

〈臉書中的權力意志〉

〈第二次降臨：不智慧手機啟示錄〉

寄給賈伯斯的電子郵件

從未想過寫信給你，大概你也無法想像。我們幾乎是毫不相干的兩個人。何況你死了，我更沒有理由打擾你。不過，你雖死猶生。每隔一段時日，電視就有蘋果的新聞。我不懂那些新聞究竟代表什麼，但也似乎可以感染某種騷動的情緒。現在，站在臺上發表產品的人換了，你卻彷彿不曾離開。每一次，他們總是將你從死後的世界召喚回來。

我尚未讀過你的傳記。不過，出於好奇，我利用網路查閱了一些資料。你的一生當然是精采的，而且影響深遠。在我找到的網站中，有不少是關於你的佳句名言。網路裡的資料龐大雜亂，真真假假，又像《失樂園》裡的撒旦，經常變形，然而這些名言佳句反覆出現，應該是真的。這些簡潔的句子顯然不能表達你所有的想法，但既然它們是你說過的，多少應該能夠替你發聲。

這是其中之一：「活著就是為了改變世界，難道還有其他的原因嗎？」的確，智慧型手機出現之後，人類的生活已經徹底改變了。對於我們這一輩的人，這個時代充滿不可思議。我在通車途中，在火車或汽車上，總是看到低頭與智慧型手機周旋的人。他們如此專注、沉默、自然，對於這種機器，以及身處的高科技文明，似乎完全沒有疑慮。

使用智慧型手機的人，我發現，只要彼此無話可說，便會各自與自己的網站或遊戲交談，一方面避免尷尬，另一方面，我想，也是一種宣示：「我不孤單，我和世界連線。」如此推測，彼等在使用智慧型手機時的自然神態，也不能算是非常自然了。其次，他們其實懼怕孤單。

廣告總將智慧型手機的使用者描述成英俊、美麗、年輕、多金，種種其實和手機無關的暗示，大概也快要演化為集體記憶了。那些拿著手機，正在接打或凝望的人，也許都有某種錯覺吧：我就是廣告中的主角，屬於特定階級。此一暗示具有催眠效果，使其沉浸在淺薄的樂觀裡。

不僅是在火車或汽車中。現在，任何地方，任何時間，只要有人，就有點撥手機的人。他們的面貌非常類似，難以分辨，至少對我而言。年輕女子大都化著濃妝，誇張的睫毛上下起落，像呆板的洋娃娃；年輕男子也很重視打扮，尤其頭髮方面、服裝方面、配件方面。有時，我設法回想，吾輩當年也是這樣注重外表的嗎？也許是吧。或者，因為上網容易，影像當道，連帶也使人們更加崇拜表相？修圖軟體顯然不虞匱乏，影像終將與現實完全脫鉤？無論如何，關於裝扮一事，這個時代的年輕人懂得更多。拜網路之賜，他們的資訊異常豐富和迅速。

你提到改變。可是，改變一定正確嗎？好的事物不是應該努力維持，避免改變嗎？你只提改變，不提是非，似乎有些怠惰。分辨對錯原本就很困難，你索性閃過這兩個字。可是，你談論改變的語氣如此堅定，令人覺得拒絕改變就是錯的。這就不太對了。

不久前，我到東部出差。在駛向花蓮的太魯閣號火車上，我遭遇了幾位結伴出遊的大學生。他們上車之後，先是喧鬧了一陣子，隨後都埋首於自己的智慧型手機，像虔誠默禱的教徒。窗外原是好山好水，那些年輕人卻寧可注視虛擬的網路世界。暫且不論網路內部的狀況，它讓人們與大自然——那些雲、草木、波浪、石頭——分離，這就足夠令人疑懼了。

下車時，那些年輕人依然捧著手機。我與其中兩人的目光短暫交會。一時之間，我以為看到層層疊疊的網頁，不斷高速地變換，無聲的、有聲的，在室內、在戶外，冷硬的螢幕無限供應網路語言，而那種語言建構他們的思想。

你另有一句名言：「我願意用我所有的科技，換取和蘇格拉底相處一個下午。」既然提到蘇格拉底，我先節錄一段柏拉圖的《對話錄》：

在某個美麗的夏日，蘇格拉底和友人費卓斯悠閒地躺臥在河邊，聆聽著清朗的泉聲與林間的蟬鳴。此時，費卓斯想到一段神話故事：北風神波瑞亞斯愛上了美麗的歐里西雅，於是趁她在河岸戲水時，颳起一陣風，將她擄走。後來歐里西雅為北風神生了兩個兒子。想到這裡，費卓斯問蘇格拉底：「您相信這故事是真的嗎？」蘇格拉底回答：「如果我想追上潮流，我大可隨著那些自認有科學頭腦的人說，我不相信這種事。我甚至可從科學的角度去詮釋它……然而我不羨慕那些自命聰明的人的解釋。與其勉強神話故事去遷就科學，不如反身自問：我是否比神話人物更複雜、更驕傲，或者更單純、更溫柔？」

你真的願意交換嗎，賈伯斯先生？或者只是一種姿態？然而，我比較好奇的是：如果蘇格拉底知道你這麼說，他又會如何回應呢？

說網路的壞話

因此，我必須先說一下網路的好話。

網路確實有些好處，例如快速、便利、民主。以前花費數日才能寄達的信件，藉由網路，頃刻可以出現在世界的另一端；即使人不出門，網路仍然能夠完成不少事情：工作、購物、讀書、遊戲；至於民主，媒體壟斷從此不再，現在誰都可以按讚，或者發文留言，抒發不滿。

奇異的是，網路的壞處經常與其好處勾連。一味求快必然是好的嗎？文化不是應該慢慢積累、沉澱、形成，才能博大精深？轟然而至的所謂「文化」，會不會像尋夢抓寶的人群，隨時可能消失無蹤？太過便利的生活，會不會把人寵壞，使人缺少有益的勞動過程？輕易就能瀏覽及獲取的物質或精神產品，是否反而扭曲它們的價值？在資訊過剩的網路大海，珍珠抑或垃圾，真的容易分辨？

至於民主，啊，由於網路，人類來到一個前所未有的時代。對於曾經遭受言論壓制的人，這個時代形同烏托邦，自由得有點虛幻。然而，按讚的人數究竟代表什麼呢？（真的一人一票？投票的人有沒有繳驗身分證明？）批判的言論又有幾篇是認真的，值得嚴肅以對？（他們中間有幾個莊子或柏拉圖？）「認真你就輸了」，這不是網路流行語之一嗎？所以，這是一種不能認真的民主了？

匿名性是網路的特色之一。化名上網的是狗還是貓？很難斷定。我曾經讀過一篇論文，大意是說，確定自己可以隱藏身分的人，比較容易作惡。擅長造假的網路罪犯聽到這個結論時，應該會說（如果他們偶爾誠實）：「真的！」

那麼，面對網路資訊，吾人必須先要分辨何者為真，何者是假？念過一點文學，看過一些世面，就會稍微知道：分辨真偽已經接近最後階段的試煉了，豈有那麼容易通過？魔王波旬曾經率領眾多天女，「狀如帝釋，鼓樂弦歌」，拜訪靜室裡的持世菩薩。當時，持世菩薩不是誤認他為天帝了？

文字、圖片和影像，這些都是符號；正確地說，這些都是符徵（signifier）。依據後現代的觀點，符徵只會指涉更多的符徵，而非終極符旨（the ultimate signified）。依據佛經，則一切言說，不離是相。至於智者，不著文字，故無所懼。何以故？文字性離……

文字如此，圖片和影像何嘗不是？執著於彼，以為真實，最後可能還是會失望的。

民主

網路興起，人類正式進入嶄新的時代。此後人人可以隨時隨地發表意見：喜歡、不喜歡、＋1、北七（當然也可以長篇或短論，連同錯字一起貼上）。人類長期追求的民主終於實現，雖然其方式可能有異於先聖先賢的想像。

在這樣的民主時代，即使阿貓阿狗也都可以參與和分享。一九九三年七月，《紐約客》刊出一篇漫畫，一條狗坐在電腦前，說：「在網路上，沒有人知道你是一條狗。」這句話修改幾個字，其實也行得通：「在網路上，沒有人知道你是詐騙集團。」

民主最簡單的定義是「服從多數的決定，尊重少數的意見」；換句話說，民主只和數字有染，和對錯並無必然關係。一位讀政治的同學說過一則笑話：「某日，甲乙丙三人相聚。甲提議說，丙最有錢，因此丙的財產應該重新分配。乙當然附議。按照民主程序，隨後付之表決。表決的結果通常是二比一。」

列車又在廣播，照例用國語、台語、客語、英語，各說一遍。世界上只有這四種語言嗎？即便只在臺灣，也還有各種原住民語、大陸方言、新住民語……只選用四種語言，這也是民主的展示嗎？哪一次的公民投票決定的？

不過，既然已經進入這種民主時代，勢不可逆。網路成為新型的競技場域，不需要嚴格的訓練，只要懂得一點人性或獸性，喜愛演藝，譁眾取寵，幻想自己是兇狠的 gladiator，就能參加戰鬥。

想要成名的人到處拉攏和罵人，想要賺錢的人忙著偽裝成消費者，想要競選的人準時參加網紅的直播。點閱率和粉絲數才是大眾關注的焦點。

為了保持自身的純淨，更重要的焦點已經易容改名，隱居避世。

病房裡的事

1

病人也許可以下床走動，也許不行，但只要頭腦清楚，就擁有最多的時間及最佳的視角，體會周圍進行的一切。在許多方面，病人都有異於所謂的健康的人，就像兩片小拼圖，分屬不同的圖案。或許他們自己也會驚訝：現在可以在病房裡輕易察覺的現象，為何過去幾十年都視而不見？不管是否願意，他們自己變成專注敏銳的學生，大量且快速地吸收知識。

將死的病人應該是成績最好的學生。那些知識也許龐大深刻，也許難以接受，他們完全無能為力，只能夠面對和顫慄。不論如何，死亡會獎賞他們。

死亡的獎賞是什麼？生者無從得知。生者知道的事一向不多。

2

有一次，隔壁床是一位住在山上種果樹的婦人。她入院時一個人，前三天也沒有親人探望，只有幾個鄰居來過。第四天傍晚，一個體面的中年男子進來，叫了她一聲「媽」，隨後向她解釋她現在的病情：「你的狀況叫做『橫紋肌溶解症』。因為肌肉受損，釋出崩壞後的物質進入血液，其中某些物質，例如肌球蛋白，濃度若是太高，會對腎臟造成損害，導致腎衰竭；如果濃度不高，幾天內通常都會痊癒。治療方法主要是靜脈滴注……」

他的母親張大眼睛，頻頻發出「噢」的聲音。不過，她應該聽不懂那些醫學名詞。除了不停地說「噢」，她完全無法回應。中年男子解釋完畢，接著提出注意事項，希望他的母親切實遵循，以便早日康復。他持續說了十幾分鐘。婦人躺在病床上，張大眼睛，不敢變換姿勢，像小桌上僵硬的瓶罐碗筷，十幾分鐘。

3

照料老病的親人令人悲傷、憤恚、悔恨。糾結複雜的心理，只有親身經歷的人清楚。衰老是不歸路，終點是死亡。路途中，老人的狀況不會越來越好，只會越來越糟。不僅肉體如此，精神也是。老人通常固執、易怒、脆弱，病了更是如此，陪在身邊的家屬往往成為發洩的對象。也有可能，某天，他們完全失智了，徹底擺脫了這個世界的禮俗及法律，可是身旁的家屬沒有。家屬必須持續扮演晚輩的角色，服侍不再能夠講理的長輩。

我在藥局遇到那位照顧失智母親的婦人。她非常自責，總覺得她沒有做好，讓她母親跌倒不治。她的自責應該是真的，因她沒有必要向我說那麼多，而且那麼激動。

她有一個弟弟和兩個妹妹。據說，他們都很忙，不克照顧母親。那三個人會自責嗎？不太可能。即使會，那種自責也是空洞的吧。他們未曾經歷照顧的過程，那些重大或瑣碎的事，那一段變形的時間。他們缺乏自責的原料。

4

普通病房的探病時間自由，訪客愛留多久都可以。不過，在探病前，訪客大都已經規劃好了時間長度。一位多次進出病房的婆婆告訴我：「四十分鐘啦！」她說，訪客雖然身份不同，甚或互不認識，但他們停留於病房的時間倒是頗有默契。時間太短，顯得誠意不足；太長了，他們自己受不了，會露出破綻。

在這四十分鐘內，帶小孩子來的最聰明，她說。孩童是社交場合的萬用工具，可守可攻。四十分鐘一到，訪客就會找個理由，起身作勢，最後一句話通常是：「你好好休息」，或者「不打擾你了」，然後逃走。

5

住進病房的衰事之一是遇到自私的室友。有些病人——不管生的是什麼病——在病房裡，必須時刻打開電視，彷彿那比任何治療都重要。對於這些人，未被使用的電視實在是太大的誘惑，不下於伊甸園中的禁果。他們非要掌握遙控器、選擇頻道、調整音量不可。即使他們暫離病房，例如去照X光、超音波掃描、做胃鏡或大腸鏡，電視也會保持運作。跟這種病人成為室友，只能自嘆倒楣。信佛的人會說，那是前世結下的孽緣，回來討債的；有錢的人則可能編個理由，轉至單人病房。

6

病房裡充滿戲劇性，就像八點檔連續劇。不過，前者是真實的人生，所以更加隱晦不明。演戲天分人人都有，絕不限於演員。醫生、護理師、看護工、外勞、家屬、訪客，眾人在病房裡進場、走位、說話、動作、出場。牢騷滿腹的不一定壞，溫言軟語的不見得好。真真假假，層層疊疊，總有暗影，難以透明。就像歌詞說的：「我無瞭解你，親像你無瞭解我。」

處處是戲，真情就很稀罕了。病人若是糊塗，以為這個人或那個人真情流露，那也就罷了。糊塗的人有糊塗的幸福。若是病人頭腦清明，心裡在意，那就很糟糕了。看著那個人這個人在面前演戲，病人多數也只能配合。演員一走，病房又恢復了安靜。如此安靜。若是細聽，應該可以聽到內臟破裂。

7

醫院的看護工採十二小時輪班制，每班二至三人，負責這層樓的所有病房。她們程度普遍不高，說話內容大都和錢有關，其次是孩子、旅遊和男女問題。護理站管轄她們，她們管轄外勞和私人看護。

有些看護工已經工作十多年，生病的景象，她們見過很多。稍微熟了，她們會說：「又吐了。不太妙。」或是「多喝蔓越莓汁，擦屁股要注意。」她們工作辛苦，半天之內，很少可以充分休息。

她們當中少數幾個，或許資質使然，或許看多了荒謬悲慘的事，也會思索一些根本的、形上的問題，甚至能夠達到某種豁然的境地。只是，我發覺，那種豁然時常接近虛無或瘋狂。為了避免瘋狂和虛無，她們有些轉向宗教，有些決心賺得更多。

8

以下是我在病房遭遇的事：

婆婆八十歲，因為尿道感染住院，負責照顧她的是一個外勞，名叫阿蒂。婆婆只有一個兒子，很少回來，媳婦則從未露面。她的所有事情——灌食、吃藥、化痰、翻身、擦澡、大小便——都由阿蒂包辦。

如同所有的外勞，阿蒂有一支智慧型手機。由於雇主不常出現，婆婆又不能動，阿蒂可以自由自在地使用手機。在病房內，她會收斂一點，畢竟還有護理師、看護工、清潔工、其他的病人、家屬、訪客。不過，每晚八點之後，她就沒有顧忌了。一直要到半夜，她才會停止講手機。

阿蒂四十多歲，離婚以後，女兒跟她。她大概還想再嫁，晚上交談的對象都是男生。有一天我問她：「你在跟誰說話啊？」她答：「我男朋友，在新加坡工作。」隔了兩三天，她告訴我，她在高雄的男朋友要來看她。她有幾個男朋友呢？我沒有問。

在醫院裡，阿蒂認識了另外幾名外勞。她們介紹她去一家印尼商店購物。有一次，她回到病房，興奮地秀給我看一對手鐲。我先誇讚漂亮，隨後問她花了多少錢。她說六千。我的反應直接而坦率：「那麼貴！」她顯然很不高興，帶著輕蔑，說：「明年我回去印尼，這個可以賣很多錢，比六千多。印尼商店老闆說的。」

9

以下是另一件事：

奶奶是北方人，七十五歲，感冒引發肺炎。爺爺每天早上九點半到醫院，中午再搭交通車回家。為了充分照顧奶奶，爺爺雇用了一名看護。

這名看護六十歲（她自己說的），年輕時嫁給一位老榮民，所以才來台灣。她老公切除了胃，每餐只能吃一顆水餃，但還活著。她每天中午和傍晚都會離開病房一陣子，據她說，是要回去給老公弄飯。

爺爺也是榮民，與這名看護的老公還是同鄉，兩人可能因此有些交談的題材。他們聊得很投機，一起穿越時間和空間，每天一個上午似乎不夠用。奶奶也發現了。有一天黃昏，爺爺回家了，看護也不在，奶奶突然自言自語，又像在問我：「他們聊得那麼起勁？還試戴彼此的老花眼鏡！」

那名看護曾經說，她老公九十多歲，也活不了多久了。奶奶當時回答：「到時再找個伴吧！你還年輕。」奶奶非常善良，幾乎是天真的（善良的人若不天真，又怎麼是善良？）我們出院那天，我跟奶奶道別，祝她早日康復。我還想跟她說些別的，終究沒有。我有什麼權利干預呢？況且，我的觀察與直覺可能是錯的。希望我是錯的。

相望

我通常五點至六點間到達病房。那時，隔著一片傍晚的中庭，我會看見她還在，她也會看到我來了。七點以後，她會收拾一下東西，跟床上的老人說幾句話，然後離開。

白天，光線充滿中庭，病房裡面反而相對黯淡。天黑之後，中庭及其中的鳥影和塵埃隱沒，室內紛紛亮燈。這邊六樓的窗對應著那邊六樓的窗，彼此可以看見屋裡的活動，但是聽不到聲音。兩邊的人都是默劇演員，也是觀眾。

她會幫忙臥床的老人伸展手腳，擦擦抹抹，也會使用電蚊拍。冬天，她離去前會先穿上米色外套。現在春天來了，她將頭髮束成馬尾，像許多護理師一樣。她應該已經嫁人了，或許孩子也都念國中或高中了。床上的爺爺大概是他爸爸，或者是他公公。每天這段時間，她來陪他。白天她可能要去上班，晚上她也許要回家做飯。

在中庭那一邊，她應該也會猜想，我每日這個時候抵達，想必白天也要工作的吧？大概我也有自己的家庭吧？我看來像個公務員，說不定是老師。到了病房，我習慣坐在床邊，與床上的老人說話，也會為她拍背、擦澡、塗藥。我必然是那位婆婆的兒子，不太像是女婿……

除了少數幾天例外，每日如此。我們彷彿約好似的，幾乎天天相見，隔著一片明亮或是黯淡的空間，既不陌生，也不熟悉。也許在醫院的廊道、商店，甚至在電梯裡，我們曾經匆促擦身而過，彼此可以認出，或者並未認出，對方就是中庭那邊的那人。

如果有一天，因為衣著、髮型等等，我真的在病房外認出了她，我是否會主動與她交談？我會和她聊聊照護者的辛苦嗎，因為她也是，應該會懂？或許，很快地，她也會吐露某些外人難懂的無奈心酸？人與人的連結，不正是因為擁有共同的經驗？

醫院裡人來人往，有時喧嘩，有時沉寂；病人入院出院，有些歡喜，有些哀傷。醫院內的時間和醫院外完全不同，無論質量或長度。在這顆星球上，想必有很多劃分世界的方式，醫院內和醫院外就是其中之一。

我確信我們曾經在各自的病房外相遇，而且不止一次。終究，我沒有去與她攀談相認。那一段日子，我太疲憊，對於人性，幾乎也已失去信念。何況，她真的只是一個陌生人，甚至臉孔都是模糊的。

至今我還是相信：維持陌生應該是對的。由於陌生，我才能保留基本的想像和慰藉。

紅蟳

不知道此刻他在哪裡?不知道他是否依然活著?年歲漸長,我發現,原來,人是可以悄悄消失的。也許除了親人和仇人吧,有誰還會經常顧念他人的行蹤?若干時日之後,忽然奇怪地想起——像我現在這樣——被想到的那人早已經不知去向,無法探問。更奇怪的是,失蹤之人的形態音色,種種細節,竟然變得如此鮮明生動,而且揮之不去,彷若寃魂。

❖

繫著圍裙的男生提起鐵桶,將二、三十隻紅蟳倒進池子裡。池中的水薄薄一層,表面還漂蕩著幾塊油光。那些生物的螯爪都被紅色綠色的塑膠繩綁住了,只剩下另外四對腳可以揮舞。幾隻生猛些的驚魂甫定，開始繞著池子行走，像在搜索生路。光滑的金屬池底顯然不適合牠們的生理構造（況且雙螯動彈不得），我幾乎可以體會牠們行動時的吃力，以及絕望。

不久，牠們果然全都安靜下來了。

已經二月了，為什麼還在販售紅蟳呢？現在應該不是啖蟹的季節，而紅蟳又和螃蟹這樣相似。假日下午，大賣場內的人越來越多，有些攜家帶眷，彷彿郊遊。豐盛的物質世界令人幸福洋溢，一如消費行為。人們推著購物車抵達這個角落，通常都會在池邊逗留片刻。有人將手伸過低矮的玻璃牆，放心地撥弄著那些靜止的甲殼動物，大概是想確定牠們是否已經死了。

❖

中秋節前後，路口的紅磚道上多了一支撐開的海灘傘，傘下坐著一個男人，他的面前則擺放了三只臉盆。懸掛在大傘支架上的瓦楞紙片隨風翻轉，兩面都寫著毛筆字，一面是「每隻99元」，一面則是「紅蟳」。

不必上班的假日早晨，我習慣漱洗之後，在巷子裡走一小段路，到馬路旁的豆漿店去買一份早點。無需趕車的早晨是悠閒的，這種悠閒的感覺似乎在我出外買早點的幾分鐘裡達到飽和。巷弄裡的人家院子內外種植著樹木及盆栽，枝葉間經常綴飾了各色花朵。有人正在澆水、運動或者洗車，不過疏疏落落，整個社區還是相當幽靜的。

我喜歡這樣從容的早晨，這種單純的例行公事，只因感覺快樂。這種快樂並不膚淺，我想。外在活動的單純從容反而提供更大的內在空間，讓扭曲的自我回復原形。也許有人喜歡職場的人事惡鬥——或許因此能夠證明什麼——然而，當我瞥見麻雀降落陽臺，啁啾應答，腦海中卻總是浮現「違己交病」這幾個字。

某個假日早晨，我看到馬路對面的那支海灘傘。傘下的男人戴著棒球帽，低頭坐著，沒有什麼動作。隔著四線道的馬路，我看不出他的年歲。那塊不太方正的瓦楞紙片兀自在空中搖晃旋轉，測試風速與風向。

❖

每個必須工作的日子，我習慣在返家的火車上，撿取幾張別人留下的報紙，讓視線煞有介事地遊蕩在已然陳腐的新聞裡，像遲緩疲憊的獸。這是一種休息的方式。在通勤列車內的一個小時，與其讓思緒胡亂奔竄，進入陰森可怕的領域，還不如用幾塊版面圈圍它們。當然，文字和圖片必定是為某些團體——以及野蠻的意識型態——服役，可是它們讓我分心，又不要求專注。這已經足夠了。在一天的工作之後，在運用其他的方式以前，我必須暫時逃走，藏匿在時間的黑軟的縫隙中。

　　這位名流，那顆明星。她的身價，他的收藏。世界上，有人以完全不同的方式度過一生。他們從未搭乘這班火車，更不因此感到欠缺。車廂裡的陰晴，車窗外的鬧靜，夜以繼日……。對於他們，這些顯然並不具體，甚至可能沾染了浪漫的想像，如非洲中部的叢林或巴爾幹半島的廢墟。無數的火車在地球表面晝夜奔馳，但是彼此無關，依稀各自擁有不同的時空。

　　可是，它們卻又不是完全無涉。完全無涉其實也好，至少要比遭受欺凌壓迫好吧。食物鏈無所不在。這是歲月或者經驗教導我的另一件事。視線之獸爬行而過每個版面，粗糙的腹部磨擦著更為荒涼尖硬的字句：那些沒有說出來的，那些被刻意湮滅的……

❖

父母對於火車的印象與我完全不同。一九四八年秋，他們搭船離開故鄉，之後穿越了半個中國，偶爾有車可坐，多數時間則是步行。從杭州到樟樹的那一段路，他們以及其他的流亡學生擠在用來運貨的火車上，車頂也都是人。

九個月後，他們終於抵達澎湖。六月的漁翁島仍然貧瘠而風大，居民赤足踏在礁石上，看到靠岸的濟和輪載來了近四千名鄉音怪異的中學生。又過幾天，船艦送來第二批孩子。

七月，澎湖防衛司令強迫男生當兵，師生不滿。兩位校長和五名學生遂以匪諜罪名槍決，數目不明的學生遭到刑求，或者失蹤。

❖

某天傍晚，我下班回家，經過路口時，故意繞到那名中年男子的面前，只為了看看那些生物。天已暗了，霓虹招牌開始無聲地閃爍，大樓後方還有幾條橘色的雲絮，構圖如一無頭的魚骨。車燈接連成為長河，流淌在人行道的兩岸之間。他已經扭亮一盞燈泡，也懸掛在傘骨上。臉盆裡，十幾隻螃蟹像是突然驚醒的石塊，微微騷動著，似乎牠們也能察覺有人走近。

我並不想選購那些螃蟹——明明是螃蟹，為什麼要叫紅蟳呢？——卻在路邊的海灘傘下站了幾分鐘。那個男人全然無意招呼我。在淡薄的電燈光暈中，他持續低著頭，翻讀一冊厚厚的武俠小說，一架小型的收音機則在我們之間播放臺語歌曲。

❖

後來，只要我行經路口，而又不趕時間，我便會走到那支海灘傘下。那個男人沒有太大的改變。他不是看書，就是蹲跪在小木椅邊，拿著一管毛筆在報紙上練字。他的字寫得不好，飛揚跋扈，缺少很多的沉靜拙樸。在這種車來人往的路口，想要安定下來大概也不容易。不過，他寫的句子多數摘自古文——諸如「不可不畏」、「如匪澣衣」、「小人窮斯濫矣」、「往來無白丁」等等——其中，也有不少是我所陌生的詩詞。

有一天，我又繞路到他那裡，他剛剛寫滿了報紙的一整版。他看到我，忽然把報紙舉起來，指著上面的兩行字：

「未出土時須有節，待到淩雲當虛心。」我唸著。

他用力點點頭。

「你自己作的？」

「不。」他說：「李苦禪。」

我的確非常驚訝。臨時在路口販賣螃蟹——或者紅蟳——的一名看來頗為落魄的男人，竟然知道李苦禪的詩句。我想到李苦禪畫中的那些竹子、白菜、荷花、蕉葉，以及寓意明顯的題字。

他似乎對自己突如其來的舉動也很意外，或者靦腆，於是沒有再說什麼，繼續握住筆桿，靜靜地寫著。我也不再出聲。那是我們唯一的對話。

❖

春天，許多植物紛紛開花了，準確地回應著季節的命令。無論列車停靠哪個小站，門開之時，都可以嗅到一股溫熱的香氣，令人精神振奮，也有一些恍惚。鐵軌兩旁的木棉花宛若烽火，一棵傳至一棵，迅速地點燃了所有的枯枝。河道旁和屋牆邊的鬼針草也結滿了白瓣黃心的小花，蜂蝶飛舞其間。

果然萬事有時，天地之間真有所謂的秩序嗎？否則，這麼多的花草樹木如何能夠同時知道春天的到來？或者，這一切都有完整的形而下的理由，譬如溫度和日長的變化之類？農人早已能夠藉由春化處理與電燈照明改變蔬果的花期了。然則，四季及星球的推移運轉又要向誰追究呢？

夕照穿越車窗，讓坐在對面的男子不時地睜開眼睛。他的眼中也有血紅的雲霞，僵硬的身軀充滿睡意，緊偎著深綠的座椅。火車經過某站，照例上來一群穿著便衣的軍人。他們冗長大聲地談論著長官、袍澤、休假、女人……八節的車廂顯然更沉重荒蕪了。他們需要語言遮蔽一些東西，而我需要文字。我繼續反覆翻閱一張撕破的報紙。在社會板的右下角，我發現這樣一則標題：「幼兒意外夭折　父母烹煮食之」。

❖

深夜，那些生物跟隨著那個男人回到家中，一切逐漸沉澱靜止，終於只剩下蟑螂與鼠輩還在廚房裡忙碌。彼時，牠們是否也能入眠，在睡夢中暫時逃離人類的世界？或者，牠們也會因為哀傷驚懼，整夜無法休息，像我有時一樣？牠們想念大海的體溫、節奏和聲響嗎？在漆黑的絕望裡，牠們是否經常喃喃默禱，向一位掌管水族的神祇——或許擁有蟳的形象——申訴祈求？在牠們的禱詞裡，是否也有諸如此類的句子：「我們日用的飲食，今日賜給我們。免了我們的債，如同我們免了人的債。不叫我們遇見試探，救我們脫離兇惡……」？

❖

在圖書館裡，我找到一本李苦禪的畫集。編者寫了一篇介紹李苦禪的序文，謂其「鯁直不諛」、「坎坷疇昔」、「老逢安頓」云云，並引齊白石的題字，佐證李苦禪的才華及創意：「雪個先生無此超縱，白石老人無此肝膽」。

我翻閱畫集，發現其中收有兩幅與螃蟹有關的畫，而且畫上的題詩相同，都是「君自橫行儂自淡，昇沉不過一秋風」。

我也設法尋找一些關於紅蟳的書，但是一無所獲，只在百科全書中看到這些字句：

「我們稱為蟳的螃蟹，因為最後一對腳變成槳狀，故而可以游泳……蟹類不論在岩石或沙地上都是橫行，牠們一般以其他甲殼類、小魚或有機質為食。在台灣，最常見的食用蟹是毛蟹和紅蟳……」

❖

「秋天的處女蟳，殼薄，肉青，蟹黃多。所謂的處女蟳，即是尚未交配的蟹，肉質細膩甘甜，原汁原味十足，搭配白酒或是啤酒享用，更是爽口。本店開幕二周年，特別推出清蒸處女蟳，麻油處女蟳，藥膳處女蟳，醬爆處女蟳……」

在報紙上讀到這樣一則廣告時，則是幾年以後了。

❖

不知何時，那一支海灘傘與其下的人物都消失了，而且再也不曾出現。世界依然車來人往，進行著每天似乎必要的事。某些晨昏，當我走在紅磚道上，或是坐在蜿蜒的車廂中，也會猜想著那些遠離海岸的紅蟳的命運。牠們大概早已經過料理加熱，變成佳餚，細碎地進入人類——或許也包括我——的肚腹了吧？至於那名喜歡練字看書，並且知道李苦禪的中年男子，此刻又在哪裡？

（本文獲第二十五屆時報文學獎散文評審獎）

看不見的城市

1

朋友有事經過嘉義，我請他吃飯，之後用車載他到郊外走走。颱風剛過，環繞蘭潭的路面仍有些落葉斷枝，不過陽光耀眼、水位上升，遊客還是有的。我一面開車，一面向朋友及他的朋友講述外面的風景：那是改建過的涼亭，這是奇怪的公共藝術……說著說著，我發現自己竟然開始描繪許多年前的蘭潭，當時的我只是國高中生。

對於朋友和他的朋友，蘭潭只是眼前的水庫：與其他的水庫相比，它並沒有特別遼闊，也不見得格外優美。不遠的仁義潭水庫就比它大，周圍也沒有墳地散置。朋友的朋友說，他去過仁義潭。他曾試圖從水壩的一頭走路到另一頭，最後因為太長，只好半途折返。他說，沿著仁義潭大壩下方的公路往前開車一小段，就可以連接台三線。

2

這一段騎樓的這個位置有一種獨殊的氣味：皮革、布料、木材、芳香劑，還有某些難以辨識（或者語言未及）的東西，全都混雜在不均勻的冷氣裡。那種氣味像唯一的鑰匙，開啟了唯一的通道，讓我頃刻陷入記憶，周遭堆疊的光影與圖象變得輕薄，漸次消解。

每次，母親和我抵達這個位置，總會在鞋店外的長椅上坐一下。有時店員會過來，問我們是否需要買鞋，有時我們也會禮貌地走進店內看看。有一次還真的買了一雙。

那一雙球鞋，母親穿了很多年，鞋跟都磨損了一層。她過世後，有人建議我去訂製一雙布鞋，以便火化時用。我去一家鞋店詢問，老闆告訴我，讓母親穿她平時的鞋子就好，不必特別訂製。火化當天，我於是為她穿上那雙球鞋。

3

每天，我和其他的人生活在這座城市裡，行經熟悉的路口，觀望變化的號誌。炎夏，我們一樣地尋找陰涼、聽見蟬嘶；雨天，我們同時撐傘或換上雨衣。這座城市不大，只有東西兩區。從中央噴水池向著任何一方開車，只要不遇到太多紅燈，一刻鐘內必定可以穿越縣市交界。

若干年來，這座城市沒有太大改變。連假時，人車照例會多一點，因為出外工作或求學的人短暫地返家；平時，這個城市基本上只有在地人，外來人口很少。也因此，許多人其實都彼此認識。即使不是直接認識，也有共同認識的人。

六年前，我去一家商店買東西，七十多歲的老老闆坐在一旁，安靜地看著晚輩做生意。我跟他聊了幾句，他竟然還記得我們曾是鄰居。他對小老闆說：「他們租房子，就住在轉角的黃家。爸爸做兵，媽媽做老師，兩個都瘦瘦高高的。至少三十年前了。」

4

穿著反光背心、戴著斗笠，正在清掃街道的那個婦人，我認識她，也認識她的三個子女。有一段時間，她推車擺攤，在夜市和廟會賣黑輪或棉花糖。其後兩年，她整日酗酒，清醒時大吵大鬧，揚言開瓦斯自殺。為了她，鄰居曾經多次報警，社工與教會也介入輔導。

當時，她最大的孩子剛念國中。那個女孩不僅要照顧弟妹，還要照顧媽媽。我時常看到她放學之後，騎著單車回家，車把上掛著四個便當。國中畢業，她還順利地考進這裡最好的公立女中。

婦人打掃的這段街道，向南大約五百公尺，有一家歷史悠久的銀行。小時候，母親帶我到市區看病，總會經過那家銀行。銀行頂樓是有造型的屋瓦飛簷。每到春夏，一大群燕子吱吱喳喳、飛進飛出。我們可以看到許多燕巢，高高地黏貼在屋簷下方，像清理不到的汙漬，背景是黃昏的天空和雲彩。

銀行斜對面有幾家繡莊，店內的牆上都掛著金光閃閃的衣服，那是給神明穿的，也有三角令旗和燈籠。小時候，我經過那些店，總有些玄思異想，像是到了另一個世界的入口，例如故事書裡的南天門。

5

（那個婦人的丈夫呢？那是另外的情節。除了丈夫及兒女，她當然還有更多的故事。然而，如同壞掉的電腦，那些故事無法呈顯聲光。被寫出來的文字只是被揀選排列的符號，還有符號以外的領域：廣袤的灰黑與寂靜。

卡爾維諾不是寫過一篇故事嗎？P在花園裡工作，聽到兩隻黑鳥鳴叫。起初P想，鳴叫是黑鳥的話語，牠們不叫時是在思索。後來，P又猜疑：如果訊息或意義並不存在於叫聲，而是在沉默中……）

6

為了某種理由——阿里山、雞肉飯、福義軒、管樂節——來到這個城市的人，攜帶智慧手機，操作GPS，通常當天就會離去，像下鄉勘災的官員。他們如何能夠蒐集隱形的碎片，完成無盡的拼圖？曾經到此一遊的外地人（尤其來自大城市的），對於這座小城，大約負評居多：不夠繁華、面積迷你、沒有捷運系統、好玩及好吃的地方太少……這些評論——如同所有輕易歸納的論斷——彷彿在說：「我來，我看，我了解。」啊，怎麼可能在一兩天內（或者一兩周、一兩個月，甚至一兩年）理解一座城市呢？一生住在這裡的人，也不見得完整地、真正地清楚它的樣貌。

觀光客終究是觀光客：東張西望、自作聰明，經常出現在人多吵雜的景點，避免走進偏僻靜深的巷子；總會在明亮的超商借廁所，從未察覺那間店曾是廉價旅社，房客多數是因故下山的原民，旅社附近有個精神失常的男子出沒，我們還為他取了綽號。

黃昏的對話

你所謂的「寫作的共和國」[1]，我想，可能只是理想國。就像多數的烏托邦，它不太可能在這個世界實現。這個世界一向遵循某些法則，那些法則經常野蠻陰暗。在《聖經》裡，「世界」是負面示範：「不要效法這世界」、「全世界都臥在那惡者手下」……為何世界會淪落至此？《聖經》當然有一套說法。暫且不去研究那種說法的真偽（也不可能得到確切結論），只將目光轉向這個世界，結論大概如此：它真的不完美。

三歲的敘利亞男童躺臥在土耳其的海岸，他的魂魄或許還未離開太遠，上升的魂魄或許仍有些迷惑，或許他已完全理解：這個世界就是這樣的啊。

自古以來，武力就是強勢的語言。兩軍交戰，膂力過人的、擲矛較遠的，一向較為雄辯；到了現代，武器精良、軍火龐大的一方，總是擁有更多的話語權。在面對武力的粗暴字句時，詩的語言顯得多麼薄弱。

至今，詩——推而廣之，即是文學和藝術——依然只是行有餘力的餘興節目。詩不是主角，並非優先。人類的語言不是詩，而是工具，始終為了某些目的服務。在平時，語言是劫掠與殺伐的工具，如同戰時的刀槍砲彈。人們利用語言完成光榮或不光榮的任務，獲取權力或財富，但是他們不愛語言。一旦發覺某些語言無法為其獲利，他們就會當機立斷，改弦易轍。

語言成為工具，就不是詩的語言了。梵樂希（P. Valery）說：「詩是舞蹈。」詩——或者文學及藝術——本身即是目的，就像舞蹈表演。沙特（J-P. Sartre）說：「詩人擺脫一切工具性的語言……詩人注視語言本身。」這個世界到處是工具性的話語。語言可以只為自身存在，不再為了某種利益效勞，「寫作的共和國」才有可能建立。然而，那是可能的嗎？

在「寫作的共和國」裡，不僅有一群喜愛文學的人，而且有一套不同的法則。摩爾（T. More）的《烏托邦》（Utopia）中，鐵的價值據說勝過金銀，珠寶則是給孩童配戴的。若想建立一個「寫作的共和國」，就要「改變人和世界的關係」[2]。

一如其他的烏托邦，這個共和國近期之內似乎不太可能實現。然而，它是必要的想像、對照或尖刺，提醒世界和世人：其實還有更好的選擇。

加入這個共和國的成員，就像搭乘了諾亞的方舟。洪水過後的世界可能還是一樣糟糕[3]，可是誰又知道呢？也許，水退之後，打開艙門，我們發現世界確實已經改變，距離理想國度又更近了一些。

註：

1阿多尼斯（Adonis）：「今天，我們比以往都更需要另一個共和國—寫作的共和國。在那裡，我們關注的是另一些權利：詩、藝術、思想和文學的權利。」

2阿多尼斯：「我是在一條道路上探索的凡人，這條道路企圖在物質建設之外，讓人們獲得自由、尊嚴和幸福。詩人寫作是為了改變人和世界的關係。」

3阿多尼斯寫過一首〈新諾亞〉（The New Noah），第二節如下：

主啊，為什麼祢只拯救我們
在所有的人及造物之中？
祢現在要將我們拋向何處？
祢的另一片領土，我們最初的家？
進入死的樹葉，進入生的風中？

我們害怕太陽，動脈裡流淌著恐懼。
我們對光絕望，
主啊，我們對明天絕望
若是生命又要重來。

文學有什麼用

不懂文學的人會這樣問，懂文學的人也會。兩者的差別大約如此：當不懂文學的人提出這個問題，那是修辭問句。換言之，其實他們是說：「文學沒有用啦！」懂文學的人這樣發問時，情況可能複雜一點。簡單地說，越懂文學的人，越會嚴肅思索這個問題。

真的，這個問題——「文學有什麼用？」——非同小可，務必嚴肅以對。從古希臘到當代，它不斷地被提起。它也牽連廣泛，與其相關的問題，例如「文學是什麼？」，討論的人同樣前仆後繼。

亞理斯多德說，藉著憐憫及恐懼，觀眾的情緒可從悲劇得到淨化。這是亞版的「文學有什麼用？」。柏拉圖則另眼看待詩。他說，寫詩乃因受到神啟，詩人和其他的藝術家——劇作家、雕刻家、音樂家、畫家等等——不同。前者與靈感及創作有關，後者只致力於模仿。這是柏版的「文學是什麼？」。

讓我節省篇幅，直接跳到現代吧。

稍懂文學的現代人會說：文學能夠帶人抵達不同時空、進入不同心智，因此，文學可以拓展經驗領域。這個答案不能算錯，但太標準，故而空洞。若要拓展經驗領域，其他方法顯然也可行，例如旅遊、交友、沉迷網路。

在我們的時空，旅遊、交友和上網的確比較王道。只要有一點錢，這些事情可以輕易完成。在資本主義社會裡，只要有錢，許多事情都可以完成。於是，不少人把弄錢當做生活目標。生有錢，死有錢。錢是他們的尺度。

可是文學真的很有用，縱然賺不到錢。讓我引述馬庫色的一段話：

> 藝術不能改變世界，但它可以改變男人與女人的自覺及慾望，而他們可以改變世界。

藝術——當然包括文學——終究可以改變世界，雖然此一過程迂迴費時。為什麼藝術——當然包括文學——可以改變人呢？因為語言即是思想，人無法思索語言不及之處。一個世紀前，索緒爾（F. de Saussure）就說過了：「若無語言，思想是模糊未知的星雲」。藝術語言可以充實及提升個人的語言，人的思想方式和品質因此更臻完善。

所以，文學不是風花雪月，只為增加情調云云。文學持續在進行一場嚴肅的戰鬥（其他的藝術也是），它的武器是精良的語言，它的敵人是庸俗與野蠻。這場戰鬥的勝負會在人的身上顯現——想一想你認識的人，就會明白敵眾我寡，情勢險峻——而人將決定世界的好壞。

後記

時至今日，仍然會有人討論文學的類型（genre），並且慎思明辨，嚴格區分。我對於文類的界線比較隨興，尤其是在寫作時。有時，一段文字忽然湧現，握筆疾書，根本來不及判斷那是散文、小說或詩，或者只是另一篇無頭無尾的筆記。的確，收錄在這裡的文字，有些似乎真的不太像是正規的、傳統的散文；然而正規的、傳統的散文又應該是什麼樣子呢？前人寫過不少散文，其中若干，每一次我讀，都覺得比詩更詩，比小說更小說，而它們確實又被歸類為散文。

文學是很專業的事，就像海洋學、建築學或天文學。熟悉各種文學類型當然很好，專業的作者也應當如此。然而，在創作或閱讀時，或許另有一些東西更為重要，凌駕於定義的框架之上？我很喜歡蘇軾，即使論者有時會說，他的詞「不協音律」、不是「正宗」云云。

《格子舖》裡共有散文七十餘篇，其中有些曾經收入《所羅門與百合花》，新加入的散文大多數是近幾年寫的。無論新舊，如今放在一本書裡，似乎都有必要修訂和整合。整合與修訂的標準非常主觀；不過，有些還是可以略作說明：

首先，我盡量維持文字初始的面貌，只在細微之處增刪。我的理由如下：曾經寫過的東西，無論何種文類，日後重讀，總能夠將我帶回原來的場景。此一經驗屢試不爽，不管經過了多少年。幾天前我整理雜物，發現了兩本高中的作業簿，裡面有我多年前的「少作」。那些詩文當然是不成熟的，可是它們如同光點，依然可以領我重回遙遠的房間、消失的黃昏、甚至當時的某些心思意念……。既然我有這樣一條往返過去的路徑，又何必大肆破壞它呢？我是為藝術和他人而寫作嗎？或許吧，我無法完全否認。不過，我很確定，我也在為自己而寫。

其次，文章中有時會提到外國人物或作品。第一次提及時，我會附上原文，以供參考辨識；其後若再出現，我便不再重複原文了。這當然是一般的規則，可能會有例外，例外的理由也很主觀。

❖

兩本散文集相隔二十多年，我也即將從青壯年邁入正式的老年，其間種種變化，巨大的和幽微的，記得的或遺忘的，如何可能以文字全錄？不過，重讀這些散文，我還是很高興它們曾經出現。經驗告訴我：總有一些讀者清楚我寫了什麼，甚至還會喜歡，雖然我們並不相識。

二〇一九年三月

國家圖書館出版品預行編目資料

格子舖 / 孫維民著. -- 初版. -- 臺北市：
聯合文學, 2019.05
312 面；14.8×21 公分. --（聯合文叢；646）

ISBN 978-986-323-305-3（平裝）

855　　108006796

聯合文叢 646

格子舖

作　　者／孫維民
發 行 人／張寶琴

總 編 輯／周昭翡
主　　編／蕭仁豪
資深美編／戴榮芝
業務部總經理／李文吉
行銷企畫／邱懷慧
發行專員／簡聖峰
財 務 部／趙玉瑩　韋秀英
人事行政組／李懷瑩
版權管理／蕭仁豪

法律顧問／理律法律事務所
陳長文律師、蔣大中律師

出 版 者／聯合文學出版社股份有限公司
地　　址／（110）臺北市基隆路一段 178 號 10 樓
電　　話／（02）27666759 轉 5107
傳　　真／（02）27567914
郵撥帳號／17623526 聯合文學出版社股份有限公司
登 記 證／行政院新聞局局版臺業字第 6109 號
網　　址／http://unitas.udngroup.com.tw
E-mail:unitas@udngroup.com.tw

印 刷 廠／沐春行銷創意有限公司
總 經 銷／聯合發行股份有限公司
地　　址／（231）新北市新店區寶橋路235巷6弄6號2樓
電　　話／（02）29178022

出版日期／2019 年 5 月　初版
定　　價／360 元

ISBN 978-986-323-305-3（平裝）